KB052186

RiNG
SHOUT

P. 젤리 클라크

이나경 옮김

링 샤우트

종말의 시대에 쿠 클럭스 사냥하기

황금가지

RING SHOUT
by P. Djèlí Clark

Copyright © P. Djèlí Clark 2020

All rights reserved.

Korean translation edition is published by arrangement with
The Gernert Company, Inc. through EYA.

Korean Translation Copyright © Minumin 2023

이 책의 한국어판 저작권은 EYA를 통해
The Gernert Company, Inc.와 독점 계약한 ㈜민음인에 있습니다.
저작권법에 의해 한국 내에서 보호를 받는 저작물이므로 무단 전재와 무단 복제를 금합니다.

클로드 맥키에게
"꼭 죽어야 한다면, 돼지처럼 죽지는 말자."

그리고 룰루 윌슨의 어머니께
"내 어머니는 일주일 된 아기와 오두막에 살았는데
어느 날 밤 클루 클럭스 열둘이 그곳에 왔다.
그들은 하나씩 들어왔고 어머니는 한 번에 하나씩 물리쳤다."

일러두기

본문의 각주는 독자의 이해를 돕기 위해
옮긴이와 편집자가 덧붙인 것이다.

차례

주석15

애굽의 바로 왕과 모세에 관한 샤우트(Shout)
가 있어. 주께서 홍해를 가르시고 주의 백성은
모두 달아나지. 바로 왕이 뒤쫓으려고 하지만, 물
이 그를 덮치잖아! 그래서 우리는 바로 왕의 군대는
패했다고, 그가 온갖 난리법석과 울부짖음을 보았
을 것이라고 샤우트를 해. 연방군 군인들이 찾아와
기념행사 이야기를 하던 때 나는 어렸단다. 항상 파
란 제복을 입은 군인들이 그 옛날 바로 왕에게 덮치
던 바닷물 같다고 생각하지. 악독한 주인님과 마님
들이 울고불고 난리법석을 부리는 것을 우리 눈으
로 봤으니까.(웃음)

— 윌 아저씨(67세)와의 인터뷰,
걸러어¹를 에마 크라우스가 옮겨 적음.

---

1   사우스캐롤라이나 해안지역
    흑인이 쓰는 언어.

1장

클랜[2] 시위를 본 적 있나?

메이컨에서는 애틀랜타처럼 대대적인 시위가 벌어지지는 않는다. 하지만 인구가 5만 명 남짓한 이곳에서도, 마음만 먹으면 멍청한 시위를 벌일 정도의 클랜 인원은 있다.

이번 시위는 7월 4일 화요일, 오늘이다.

허연 로브에 뾰족한 두건을 쓴 무리가 3번가를 걷고 있다. 단 한 명도 얼굴을 가리지 않았다. 남북전쟁 후 처음 생겨난 클랜은 못된 짓을 하려고 베갯잇과 밀가루 포대 뒤에 숨고 심지어 유색인인 척 검댕을 묻히기도 했다고 들었

---

2 미국의 백인우월주의 테러 단체 '쿠 클럭스 클랜'을 연상시키는 명칭이며, 이 소설에서는 쿠 클럭스와 클랜이 구분된다.

다. 하지만 1922년의 우리가 마주한 클랜은 숨을 생각이 없다.

남녀, 조그만 아기 클랜까지, 저 아래 모인 모두가 일요일 피크닉이라도 나온 양 웃고 있다. 온갖 폭죽을 다 갖고 나왔다. 손에 쥐는 불꽃놀이, 중국식 폭죽, 하늘로 쏘아 올리는 로켓 폭죽, 대포 소리가 나는 것들. 폭죽 소리에 질세라 브라스 밴드가 연주하고, 저 아래 모인 모두가 엇박자로 손뼉을 치고 있다. 깃발을 휘두르고 신이 나서 날뛰는 걸 보면 그들이 괴물이란 걸 깜빡 잊게 된다.

하지만 나는 괴물을 사냥한다. 그리고 괴물을 보면 안다.

"한 꼬마 쿠 클럭스 죽었다아아아."

귓가에서 누군가가 흥얼거린다.

"두 꼬마 클럭스, 세 꼬마 클럭스, 네 꼬마 클럭스, 다섯 꼬마 클럭스 죽었다아아아."

나는 갈색 머리를 어깨까지 달랑거리게 땋고 내 곁에 쪼그려 앉은 세이디에게 시선을 던진다. 세이디는 한쪽 눈을 찡그리고 아래 모인 무리에게 라이플을 겨눈 채로 노래를 다 한 뒤에 방아쇠를 당기는 척한다.

철컥, 철컥, 철컥, 철컥, 철컥!

나는 낡은 책으로 라이플 총열을 밀어낸다.

"그만둬. 발사되었다간 내 귀가 먹을 거야. 게다가 누가 보면 어쩌려고."

세이디는 커다란 갈색 눈을 굴리더니 입술을 비틀고 지붕 위로 씹던 담배를 뱉는다. 나는 눈살을 찌푸린다. 이 애에겐 역겨운 버릇이 있다.

"있잖아, 마리즈 부드로."

세이디는 너무 큰 파란 작업복을 입은 깡마른 몸에 라이플을 걸머지더니, 허리에 손을 얹고 특유의 잔소리를 시작한다. 성난 혼혈 소작인 소녀 같다.

"너 항상 그렇게 걱정만 하는 거 말이야. 대체 스물다섯 살이야, 여든다섯 살이야? 가끔 헷갈린다고. 여기 올라와 있는데 당연히 아무도 못 보지. 새라면 모를까."

세이디는 메이컨 시내의 전신주보다 높이 솟은 건물들을 향해 손짓한다. 우리는 포플러 스트리트의 예전 목화 창고에 올라와 있다. 전에는 여기에 시골 농장에서 보낸 목화를 보관하다가 증기선에 실어 옥멀지 강을 따라 보냈다. 노예의 피와 땀에 젖은 보송보송하고 하얀 목화솜이 이 도시를 세웠다. 요즘도 메이컨의 창고에는 목화를 보관하지만, 주로 지역 공장과 철도로 보낸다. 어기적거리는 클랜을 보니 유색인의 피와 땀에 젖은 채로 강으로 보내는 허연 뭉치가 떠오른다.

"너무 자신하지 마."

'셰프'가 옥상 벽에 기대 앉아 체스터필드 꽁초를 문 검은 입술에 익숙한 비웃음을 걸치고서 끼어든다.

"전쟁 때는 항상 저격수를 찾았다고. '한 눈은 진흙에, 한 눈은 앞에, 두 눈 다 위를 봐라.'라고 병장이 말했어. 누가 '저격수다!'라고 외치면 잽싸게 움직였지!"

좁다란 황갈색 군모 아래서 셰프의 눈에 힘이 들어가고 웃음은 사라진다. 그녀는 담배를 들고 흰 연기를 내뿜는다.

"저격수라면 지긋지긋했어."

"이건 전쟁이 아니잖아."

세이디가 그렇게 대꾸하자 셰프와 나 둘 다 어이없는 표정으로 그 애를 본다.

"아니, 그런 전쟁은 아니란 말이지. 저 아래에선 아무도 저격수를 찾지 않아. 게다가 누구든지 '위니'를 봤다 하면, 바로 눈 사이에 구멍 뚫리는 거지."

세이디는 이마를 두드리고는 한쪽 뺨을 부풀리고서 담배를 씹으며 비뚤어진 미소를 짓는다.

세이디는 저격수가 아니다. 하지만 거짓말을 하는 것도 아니다. 그 애는 파리 날개도 쏘아 떨어뜨릴 수 있다. 군에 입대한 적은 하루도 없다. 앨라배마주에서 할아버지와 사냥을 했을 뿐. "위니"는 세이디가 소유한 윈체스터1895의 이름이다. 호두나무 개머리판에 새김 장식을 한 진회색 리시버, 24인치 총열. 난 총에 별로 관심이 없지만 인정할 수밖에 없다. 무지 예쁜 킬러란 걸.

세이디가 멜빵바지 밑에 입은 빨강과 검정이 섞인 체크셔츠를 잡아당기며 말한다.

"이렇게 기다리면 초조해져. 난 마리즈처럼 동화나 읽으면서 시간을 못 때우거든."

내가 책을 들어 보인다.

"민담이야. 표지에 그렇게 적혀 있다고."

"뭘들. 여우 형제랑 곰 형제가 나오는 이야기라니 동화 같은데."

"네가 좋아하는 쓰레기 타블로이드 신문보다는 나아."

내가 받아친다.

"진리는 타블로이드 신문에 있다는데? 한번 보라고. 참, 그나저나 언제쯤 돼야 뭘 죽일 거야? 너무 오래 걸리잖아!"

그 점은 반박할 수 없다. 옥상에 나온 지 45분이 됐는데, 대낮의 메이컨 햇볕은 호락호락하지 않다. 깔끔하게 땋아 올린 내 머리카락은 황갈색 신문 배달원 모자 밑에서 땀에 축축해졌다. 땀 때문에 흰색 줄무늬 상의가 등에 들러붙는다. 회색 양모 바지도 마찬가지다. 헐렁해서 몸을 죄지 않는 여름 원피스가 더 낫다. 남자들이 늘 이렇게 갑갑한 옷을 입고 어떻게 사는지 모르겠다.

셰프가 일어나 먼지를 털더니 마지막으로 담배를 길게 음미하며 빨고는 빛바랜 군용 부츠로 밟아 껐다. 셰프의 키는 항상 놀랍다. 나보다는 확실히 크고 웬만한 남자보다도 크다. 셰프는 마르기도 했다. 검고 긴 팔다리가 황갈색 전투복 상하의에 꼭 맞는다. 셰프와 369보병연대[3]가 뫼즈-아르곤 전투에서 펼치는 공세[4]를 보고 독일 황제의 부하들이 사우어크라우트를 먹다가 컥컥거리는 광경을 상상해 보라.

"참호에서 우리 말고 살아남은 건 이랑 쥐뿐이었어. 이는 아무짝에도 쓸모없지. 쥐는 먹을 수 있어. 미끼랑 덫만 제대로 쓸 줄 알면 말이지."

세이디는 담배를 삼킨 듯이 헛구역질을 한다.

"코딜리아 로런스, 네가 한 그놈의 전쟁 이야기 중에서 그게 제일 역겁다!"

---

3 제1차 세계 대전 당시 미 육군 소속의 흑인으로만 구성된 뉴욕 주방위군 15연대를 가리키며, 할렘 헬파이터라는 별명도 있었다.

4 제1차 세계 대전 연합군의 마지막 공세로 120만 명의 미군 병력이 참전했다.

"코디, 쥐를 먹었어?"

내 말을 듣고 셰프는 웃더니 걸어가 버린다. 세이디는 날
보며 토하는 시늉을 한다. 나는 녹색 각반의 끈을 조이고
일어나 뒷주머니에 책을 찔러 넣는다. 다가가 보니 셰프는
옥상 반대편에서 밖을 내다보고 있다.

셰프가 다시 말한다.

"아까도 말했지만 쥐를 잡고 싶으면 미끼와 덫을 제대로
써야 해. 그러고 나선 기다리면 돼."

세이디와 나는 셰프의 시선을 따라 건물 뒤에 감춰진 골
목길을 본다. 시위대에서 멀어 아무도 갈 것 같지 않은 곳
이다. 바닥에 우리 미끼가 있다. 죽은 개. 시체가 찢기고 내
장이 흘러나왔으며 불에 탄 검은 털이 흩어진 바닥은 핏빛
으로 붉게 물들어 있다. 그 악취가 이 위까지 난다.

"꼭 저렇게 난도질을 해야 해?"

나는 속이 메슥거린다.

셰프가 어깨를 으쓱인다.

"벌을 잡으려면 꿀을 충분히 내놔야지."

여우 형제가 토끼 형제를 잡을 때처럼 말이지. 나는 오빠의
말을 떠올린다.

"잡히는 건 파리밖에 없는 거 같은데."

그렇게 중얼거린 세이디가 옥상 끝에 몸을 내밀고 죽은 개를 향해 담배를 뱉는데, 엉뚱한 곳에 떨어진다.

나는 세이디를 노려본다.

"예의 좀 지키지?"

세이디는 얼굴을 찡그리며 더 세게 씹어 댄다.

"어차피 죽었잖아. 침 좀 뱉는다고 큰일 안 나."

"그래도, 저질스러운 짓은 피할 수 있잖아."

세이디가 코웃음을 친다.

"더 지독한 짓도 하면서 개 한 마리 가지고 난리네."

나는 입을 열다가 대꾸할 가치가 없다고 판단한다.

"메이컨에 집 없는 개가 한둘이야? 위로가 된다면, 쟤는 순식간에 죽었어."

셰프가 그렇게 말하며 허리에 찬 독일제 참호용 단검을 두드린다. 기념으로 가져온 전리품이다. 위로가 되지 않는다. 우리는 등 뒤의 떠들썩한 시위 소리를 들으며 잠시 개를 빤히 바라본다.

"쿠 클럭스는 왜 개를 좋아하지?"

세이디가 침묵을 깨며 묻는다. 이어서 셰프가 덧붙인다.

"그것도 겉은 그을리고 피가 흐르는 걸로. 저건 꼬챙이로 구웠어."

"내 말이 그거야. 왜 개지? 뭐, 닭이나 돼지가 아니고?"

"그놈들 고향에는 닭이나 돼지가 없나 보지. 개밖에 없는 거야."

"아니면 개 맛이 나는 거."

두 사람의 이런 대화 때문에 나는 속이 메슥거리지만, 세이디가 떠들어 댈 때는 내버려 두는 게 상책이다.

"후추랑 양념을 좀 뿌려 둘 걸 그랬나."

셰프의 농담에 세이디가 손을 흔들어 댄다.

"백인들은 후추니 양념 같은 거 좋아하지 않아. 물처럼 멀건 걸 좋아하지."

요란한 폭죽이 발사되고 이어서 가스병 폭탄이 펑펑 터지자 셰프는 높은 광대뼈 위 눈을 가늘게 뜨고 내다본다.

"글쎄. 프랑스에 있었을 때 보니 거기 사람들이 잘하는 음식이 있던데."

세이디가 노려본다.

"또 쥐 이야기야, 코디?"

"참호에서 말고. 파리에서, 휴전 협정 다음에. 프랑스 여자들이 유색인 군인에게 요리해 주는 걸 좋아했어. 요리보다 좋아한 일도 많았지."

셰프는 사기꾼처럼 눈을 찡긋하며 웃더니 말을 잇는다.

"우리한테 스테이크 타르타르랑 카술레, 오리 콩피, 라따뚜이를 해 줬지. 세이디, 얼굴 펴. 쥐로 만든 라따뚜이는 아니니까."

세이디는 도통 못 믿겠다는 표정이다.

"글쎄, 프랑스에는 어떤 백인이 사는지 모르겠지만. 여기 백인은 검둥이(Nigger)가 해 주는 게 아니면 음식에 제대로 양념을 안 한다고."

세이디가 눈을 더 휘둥그레 뜨고 말을 이어 나간다.

"쿠 클럭스에게 검둥이 냄새가 어떻게 느껴질까? 검둥이에게서 불에 탄 개 냄새가 난다고 여길까? 그래서 우리를 저렇게 잡으려는 거야? 저자들 고향에 검둥이가 있긴 한가? 그리고 만약⋯⋯."

가뜩이나 없는 인내심이 바닥나서 내가 외친다.

"세이디! 그 말 좀 그만 쓰라고 몇 번을 부탁했잖아. 적어도 내 앞에서는!"

그 혼혈 애가 나를 향해 눈알을 어찌나 심하게 굴리는지 곧바로 쓰러져 기절하지 않는 것이 이상할 노릇이다.

"왜 그렇게 난리야, 마리즈? 난 검둥이를 일컬을 땐 항상 맨앞에 대문자를 붙인다는 생각으로 말하는데."

나는 세이디를 노려본다.

"그게 무슨 차이인데?"

세이디는 내가 무식하다는 듯 뻔뻔한 표정으로 찡그린다.

"대문자를 쓰면 존중하는 거 같잖아."

그 말에 황당한 표정을 짓는 나를 보고 셰프가 끼어든다.

"그럼 네가 대문자를 쓰는지 소문자를 쓰는지 우리가 어떻게 알아?"

그 말에 세이디는 우리를 노려본다. 마치 우리가 2 더하기 2도 모르는 사람이라는 양.

"내가 왜 '소문자 검둥이' 같은 말을 쓰겠어? 그건 욕인데!"

이제 셰프도 어이가 없다는 표정을 짓는다. 온 세상 과학자를 다 불러다 세이디의 머릿속이 어떻게 돌아가는지 알아봐도 소용없을 것이다. 그래도 셰프는 밀어붙인다.

"그럼 백인들도 '대문자 검둥이'를 쓸 수 있고?"

세이디는 이 모든 것이 레위기와 신명기 사이의 성경 구절처럼 당연하다는 듯 말한다.

"안 될 소리! 백인은 항상 '소문자 검둥이'를 쓰거든! 그리고 그 인간들이 대문자로 검둥이란 말을 쓰려고 하면 우린 그 앞니를 목구멍으로 밀어 넣어 버려야 해. 솔직히 말인데, 너희 둘 말이야! 너넨 대체 어떤 부류 검둥이길래 그런 걸 묻는 거야?"

내가 입술을 동그랗게 말아 정확히 어떤 부류인지 말해주려는 순간, 셰프가 주먹을 들기에 우리는 몸을 숙이고 옥상 벽 너머를 내다본다. 쿠 클럭스 셋이 골목에 들어선다.

셋 다 흰 로브를 걸치고 두건을 쓰고 있다. 첫 번째는 키가 크고 말랐으며, 내가 있는 이 위에서도 목에 튀어나온 후골이 보인다. 놈이 골목을 훑어보더니 부리 같은 코로 공기를 쿵쿵거린다. 개 시체를 보고 연신 쿵쿵거리며 슬금슬금 다가간다. 작달막하고 뚱뚱한 놈, 가슴이 넓은 근육질의 두 쿠 클럭스도 곧 모여든다.

놈들에게 남다른 부분이 있다는 건 한눈에 알 수 있다. 멍청한 옷차림 탓만은 아니다. 토막 내어 불에 태우다 만 개를 보통 사람들이 맛난 음식 냄새를 맡듯이 쿵쿵거리기 때문도 아니다. 놈들은 똑바로 걷지를 못한다. 움직임이 전부 덜컥거리고 뻣뻣하다. 그리고 숨도 너무 빨리 쉬고 있다. 그런 건 주의하면 누구나 알 수 있다. 하지만 나와 세이디, 셰프처럼 소수만이 알 수 있는 건 놈들의 얼굴이 움직이는 방식이다. 말 그대로 움직이는 방식. 얼굴이 한시도 가만있지 않는다. 카니발의 신기한 거울에 비친 모습처럼 울렁거리고 비틀린다.

첫 번째 쿠 클럭스는 엎드리더니 손바닥을 펼치고 뒷다리를 구부려 발끝을 디뎌 몸을 지탱한다. 혀를 내밀고 죽은 개를 길게 핥아 입술과 뺨에 피를 묻힌다. 목구멍 깊숙이에서 으르렁거리는 소리에 등줄기가 오싹하다. 놈은 그러고 나서 재빨리 입을 크게 벌리고 시체에 이를 박더니 개고기 덩어리를 찢어 삼킨다. 나머지 둘도 네 발로 다가오더니 한꺼번에 먹기 시작한다. 그 모습에 내 위장은 재주넘기를 한다.

세이디를 흘끗 보니, 이미 자세를 잡고서 위니를 겨누고 시선을 고정시킨 뒤 고르게 숨쉬고 있다. 담배를 씹지도, 말을 하지도 않는다. 사격 준비를 마치면 세이디는 봄비처럼 차분하다.

"여기서 맞힐 수 있어? 모두 너무 바짝 붙어 있는데!"

셰프가 속삭인다. 세이디는 석상처럼 꼼짝 않으며 대답하지 않는다. 그리고 시위에서 천둥소리를 내며 폭죽이 터지는 순간, 방아쇠를 당긴다. 그 탄환은 쿠 클럭스의 구부린 팔꿈치가 만든 공간을 지나 죽은 개를 명중시키고 셰프가 그 안에 묻어 둔 것을 터뜨린다.

코디는 전쟁 중에 셰프라는 별명을 얻었다. 조리 실력 때문이 아니다. 적어도 음식 조리 실력은. 프랑스 군인들은 셰프에게 독일군을 터뜨리고 참호를 무너뜨리는 무기를 만드는 법을 가르쳤다. 죽은 개에 넣어 둔 것이 바로 그것이다. 세이디의 탄환이 개의 살덩이를 뚫는 순간, 그것이 전부 터진다! 병 폭탄 소리보다 더 큰 굉음에 나는 귀를 막고 웅크린다. 한참 뒤 용기를 내어 내려다보니, 바닥에 남은 것은 붉은 흔적뿐이다. 쿠 클럭스는 전부 뻗어 있다. 마른 놈은 얼굴 절반이 날아갔다. 또 하나는 팔 한쪽이 떨어졌고, 덩치 큰 놈은 가슴에 구멍이 난 모양이다.

나는 숨을 들이쉰다.

"세상에, 코디! 얼마나 큰 폭탄을 심은 거야?"

코디는 자기 작품을 감상하며 씩 웃고 있다.

"꽤 컸나 보네."

쿠 클럭스를 쓰러뜨린 건 폭약만이 아니었다. 개 속에는 은제 탄환과 강철 가루도 채워져 있었다. 유령 같은 놈들을 잡는 데 제격이었다. 바지에서 회중시계를 꺼내 시각을 확인한다.

나는 쿠 클럭스를 향해 고갯짓한다.

"세이디랑 같이 트럭을 가져와. 나는 실을 준비를 할게. 서둘러. 시간이 별로 없어."

"왜 내가 트럭을 가지러 가야 해?"

세이디가 징징거린다.

"장총을 든 혼혈 여자애는 길거리에 못 나서니까."

셰프가 창고 가장자리에 밧줄을 던지며 받아친다.

나는 세이디의 불평에 별다른 대꾸 없이 움직인다. 원래 불평거리가 많은 애다. 밧줄을 잡고서 나는 아래로 내려가기 시작한다. 한 일을 감추기 위해 우리는 최선을 다했다. 하지만 누군가 다가와 죽은 쿠 클럭스 셋과 유색인 여자 셋을 발견한다면. 음, 그러면 큰일이다.

반쯤 내려가는데 세이디가 외친다.

"놈들이 움직이는 거 같아!"

셰프가 내 바로 위에서 묻는다.

"뭐? 밧줄 타고 내려와서 가자고……."

그 순간 세이디가 다시 말한다.

"정말이야. 저 쿠 클럭스가 움직이고 있어!"

쟤 또 무슨 소릴 하는 거야? 나는 다리로 두꺼운 밧줄을 고정시키고 몸을 비튼다. 심장이 철렁한다. 쿠 클럭스가 정말로 움직인다! 덩치가 일어나 앉더니 움푹 팬 가슴을 더듬는다. 땅딸한 놈도 꿈지럭거리며 없어진 팔을 찾는다. 하지만 마른 놈이 먼저 벌떡 일어난다. 얼굴 반쪽이 사라져 뼈가 보이는 채로. 놈이 성한 눈을 굴리다가 나를 보고 입을 벌려 내지르는 소리는 인간의 것이 아니다. 그 순간, 나는 상황이 좋지 않다는 것을 느낀다.

뼈가 부딪히고 근육과 살이 늘어나고 당기는 소리가 골목 가득하다. 마른 놈의 몸뚱이가 불가능하리만큼 커져서 살갗이 허연 로브처럼 찢어진다. 이제 그 자리에 서 있는 존재는 도저히 사람이라고 부를 수 없다. 키가 270센티미터는 족히 되고, 짐승의 뒷다리처럼 쉽게 뒤로 구부러지는 다리는 대부분 사람의 두 배는 되는 긴 몸통에 붙어 있다. 두툼한 뼈와 근육으로 된 팔이 어깨에서 땅바닥까지 뻗어 있다. 하지만 가장 튀는 건 머리다. 머리가 길게 구부러져 있으며 끝은 날카롭고 뾰족하다.

이것이 쿠 클럭스다. 쿠 클럭스의 실체. 모든 것이 뼈처럼 허옇다. 상아를 깎아 만든 칼날 같은 발톱까지도. 허옇지 않은 곳은 눈뿐이다. 전부 여섯이다. 구부러진 머리 양쪽에 세 줄씩, 붉은 점이 있는 검은 눈동자가 늘어서 있다. 하지만 사람의 모습일 때와 같이, 놈의 얼굴 절반은 셰프의 폭탄에 날아가고 없다. 그래도 남은 눈은 전부 내게 꽂혀 있다. 긴 주둥이의 입술 부분이 벗겨지더니 뾰족뾰족한 고드름 같은 이빨을 드러낸다. 그리고 놈이 달려든다.

건물 옆에 매달린 채 달려오는 쿠 클럭스를 바라보는 경

험은 잊어도 아쉬울 것 없다. 라이플이 철컥 소리를 내자 탄환이 놈의 어깨에 박힌다. 또 한 번 철컥하는 소리가 들리고 두 번째 탄환이 가슴에 맞는다. 고개를 들고 보니 세이디는 예전에 사진으로 본 메리 필즈[5]처럼 레버를 당기며 탄약통을 날리고 있다. 쿠 클럭스를 두 번 더 쏜 뒤 세이디는 장전을 하기 위해 멈춘다. 그러나 그걸로 놈이 죽지는 않는다. 휘청거리고, 피를 흘리고, 고통스러워하며 성을 낼 뿐.

그래도 세이디가 내게 소중한 몇 초를 벌어 줬다. 위에서 셰프가 한 팔을 내밀고 부른다. 하지만 나는 오르지 않는다. 쿠 클럭스 놈이 내게 달려들기 전까지는. 미친 듯이 탈출구를 찾다가 창문 하나를 발견한다. 밧줄을 타고 내려가는데 거친 줄에 손바닥이 따갑다. 제발 열려 있기를! 가 보니 열려 있지는 않았지만, 한쪽 유리가 없는 것을 보고 나는 "할렐루야!"라고 외칠 뻔한다. 위쪽 가장자리를 한 손으로 잡고 바닥에 갈색 옥스퍼드화를 찔러 넣는다. 고함이 들려서 곁눈질을 하니 쿠 클럭스가 나를 향해 달려와 발톱을 내밀고 입을 벌린 채 뛰어오르는 것이 보인다.

나는 유리 없는 구멍으로 들어가 안에 떨어진다. 쿠 클

---

5 Mary Fields(1832~1914). 역마차 메리(Stagecoach Mary) 혹은 블랙 메리(Black Mary)라는 별명으로 불리던 미국의 첫 흑인 여성 집배원.

럭스가 벽에 부딪히기 직전이다. 기다란 주둥이가 남은 유리를 부수고 허공에 입질을 한다. 세이디의 라이플이 다시 발사되자 괴물은 고통에 울부짖는다. 놈은 위를 보더니 단단한 발톱을 벽돌에 박고 기어오르기 시작한다.

나는 이 모든 것을 목화솜을 깔고 누워 지켜본다. 다행이다. 마룻바닥에 떨어졌으면 그보다 만신창이 꼴이었을 테니까. 그래도 떨어질 때는 몹시 아팠다. 몸을 뒤집어 비틀거리며 일어나는 데는 시간이 걸린다. 온몸이 쑤신다. 창문으로 흘러드는 햇빛 말고는 빛이 없어 안이 어둡다. 숨 막히게 덥기도 하다. 정신을 차리려고 머리를 흔든다. 라이플 소리는 들리지 않지만 옥상에서 싸움이 벌어지고 있을 것이다. 다시 올라가 셰프와 세이디를 도와야 한다. 그래야 하는데……

무엇인가 묵직한 것이 창고 문을 두드려 깜짝 놀란다. 결국 누군가 폭죽 소리 속에서 우리가 낸 소리를 듣고 확인하러 온 것인가? 하지만 곧 세게 부딪혀 찌그러지는 문을 보고, 상대가 사람이 아님을 깨닫는다. 저런 짓을 할 만큼 큰 것은. 그 생각을 마치기도 전에 문이 경첩에서 떨어져 나가고 햇빛과 괴물이 쏟아져 들어온다. 다른 두 쿠 클럭스. 내 운은 다했다.

쉽게 알아볼 수 있다. 하나는 한 팔이 없다. 나머지, 내가 본 중 아마 가장 큰 쿠 클럭스의 허연 가슴에는 금이 가 있다. 둘은 킁킁거리며 수색한다. 쿠 클럭스는 눈이 여섯이지만 시력이 좋지 않다. 하지만 잘 훈련된 사냥개보다 냄새를 잘 맡는다. 심장이 두 번 뛸 만큼의 시간이 흐르자 놈들이 나를 노려본다. 그러고는 으르렁거리며 나를 잡아먹으러 네 발로 뛰어온다.

하지만 앞서 말했듯이 나는 괴물을 사냥하는 자다.

그리고 내게는 노래하는 검이 있다.

검을 떠올리며 기도를 중얼거리면 그것이 허공에서 생겨나 내 손에 쥐어진다. 새카만 기름처럼 움직이다 사라지는 연기에서 은제 자루가 생겨난다. 길이가 내 키 절반 가까이 되고 납작한 잎사귀 모양을 한 검의 강철 날에는 문양이 새겨져 있다. 검이 나타나면 언제나 내 머릿속에서 환영이 춤춘다. 페루의 광산에서 벗겨지고 생채기가 난 발로 은을 캐내는 남자. 노예선 바닥에서 비명을 지르며 산고를 겪는 여자. 캐롤라이나주 논에서 가슴까지 오는 물을 헤치고 다니는 남자아이.

그리고 그 여자아이가 등장한다. 늘 그 애다. 어두운 곳에 앉아 온몸을 떨며 겁에 질려 휘둥그레진 눈으로 나를 올려다본다. 그 공포가 아주 강렬하다. 검은 호수가 무시무시한 침례를 행할 것처럼 나를 덮치는 느낌이다.

저리 가! 내가 속삭인다. 그러면 그 애는 사라진다.

그 애 말고 떠오르는 환영은 늘 다르다. 죽은 지 얼마나되었는지 알 수 없는 사람들. 검이 그들의 영혼을 끌어들이면, 내 귀에 그들의 노랫소리가 들린다. 서로 다른 언어가화음을 이루며 나를 뒤덮고 내 살갗에 자리 잡는다. 검날에는 그들을 팔아먹은 추장과 왕 들이 붙어 있다. 그리고그 영혼들은 그 추장과 왕에게 옛 아프리카의 신들을 불러오고, 노래에 맞추어 춤추게 한다.

이 모든 일이 눈 깜빡할 새 일어난다. 내 검은 두 손에꼿꼿이 붙들린 채 나를 향해 달려드는 쿠 클럭스에 맞선다. 검이 그렇게 크지만 언제나 쉽게 휘두를 수 있는 무게다. 마치 나만을 위해 맞춘 것 같다. 검은 강철이 아프리카의 신이 광휘의 눈을 살짝 뜬 것처럼 쾅 하며 빛을 폭발시킨다.

첫 쿠 클럭스는 그 빛에 눈이 멀어 버린다. 놈은 우뚝 서더니 남은 한 팔을 뻗어 작은 별을 치우려고 한다. 나는 머릿속에서 울리는 노랫소리에 맞추어 춤추듯 뒤로 물러난다. 그들의 박자가, 그리고 춤사위가 나를 인도한다. 검은 살과 뼈를 질긴 고기처럼 잘라 낸다. 쿠 클럭스는 두 개째 팔을 잃고 비명을 지른다. 내가 드러난 목을 가르자, 괴물은 검은 피를 뿜으며 쓰러진다. 덩치 큰 쿠 클럭스가 쓰러진 놈을 그대로 넘어 다가온다. 뚝 소리는 다친 괴물의 척추에서 나는 것 같다.

하나 처리.

하지만 덩치 큰 쿠 클럭스는 쉴 틈을 주지 않는다. 놈이 내게 달려들고 나는 짓이겨지기 전에 가까스로 피한다. 검으로 따끔하게 그어 주니 놈은 울부짖고 다시 달려들어 아가리를 벌려 내 팔을 물 뻔한다. 나는 몸을 숙여 목화솜 뭉치 미로 속에 더 깊이 들어가 지그재그로 달리다가 빈 공간에 들어서서 정지한다.

쿠 클럭스가 발톱으로 목화를 긁어내며 나를 찾는 소리가 들린다. 다행히 검이 검게 변했다. 하지만 오래 숨어 있을 수 없다. 다시 사냥꾼이 되어야 한다. 이 상황을 종료시켜야 한다.

어서, 토끼 형제. 오빠가 다그친다. 곰 형제를 속일 꾀를 내!

회중시계를 꺼내 한번 키스하고는 최대한 재빨리 일어나 마룻바닥에 소리가 나도록 그것을 던진다. 쿠 클럭스는 돌아서서 소리 나는 쪽으로 휘저어 간다. 그러는 사이 나는 목화솜 뭉치 위에 올라가 다음 뭉치로 건너뛴 다음, 놈이 웅크리고 회중시계를 쿵쿵거리다가 발톱으로 짓이기는 곳으로 간다.

시계를 부수다니, 다른 무엇보다 그것에 더 화가 난다.

나는 고함을 지르며 놈에게 몸을 날린다. 머릿속의 노랫소리가 흥분의 절정에 닿는다.

괴물의 등에 내려앉아 목 뒷덜미에 검을 박아 넣는다. 놈이 나를 떨쳐내기 전, 뾰족한 정수리 끝을 붙잡고 온몸의 체중을 실어 검을 깊이 밀어 넣는다. 쿠 클럭스는 한 번 몸을 떨더니 뼈가 젤리로 변한 듯 앞으로 고꾸라진다. 나도 은제 칼자루를 쥔 채 함께 쓰러지면서 놈의 아래에 깔리지 않도록 주의한다. 숨을 고른 뒤 아무 데도 부러지지 않았는지 재빨리 확인한다. 그리고 일어나 죽은 놈의 등을 밟고 검을 뽑는다. 뜨겁게 달군 프라이팬의 물처럼, 검은 강철 검에서 검은 피가 끓으며 떨어진다.

시야 끝에서 움직임을 포착하고 나는 휙 돌아선다. 하지만 셰프와 세이디다. 안도감에 근육에서 힘이 빠지고 머릿속의 노랫소리도 잦아든다. 셰프가 죽은 쿠 클럭스 둘을 보더니 낮게 휘파람을 분다. 세이디는 앓는 소리만 낸다. 그 애로서는 칭찬에 가장 가까운 반응이다. 지금 내 꼴은 가관일 것이다. 격투 도중에 모자를 어디선가 잃어버렸고 흐트러진 머리카락이 뒤엉킨 먹구름처럼 커피색의 얼굴을 휘감고 있다.

"돼지 꼬챙이를 불러냈어?"

세이디가 내 검을 보더니 묻는다.

"위에 있던 놈은?"

나는 세이디의 질문을 무시하고 숨을 몰아쉬며 묻는다.

세이디가 대답으로 위니를 두드린다.

"총알 엄청 썼네."

"그리고 아슬아슬해져서 이 칼도 썼지."

셰프가 끼어들어 전쟁 기념품을 툭 치며 덧붙인다.

밖에서는 시위대가 지나갔다. 하지만 브라스밴드와 폭죽 소리는 계속 들린다. 바로 옆에서 괴물과의 싸움 따위는 벌어진 적 없는 것처럼. 그래도 그쪽 누군가가 폭죽과 라이플 소리를 구별할 줄 알 것이다.

내가 말한다.

"움직이자. 경찰은 사양해야지."

메이컨 순경과 클랜은 사이가 좋지 않다. 놀랍지 않은 가? 클랜이 보안관 노릇을 하겠다고 협박하는 것을 경찰이 못마땅히 여기는 것 같다. 그렇다고 경찰이 유색인과 친한 건 아니다. 그래서 우리는 경찰의 심기를 건드리지 않으려고 노력한다.

오빠가 하던 말이 기억난다.

곰 형제와 사자 형제가 싸우면, 토끼 형제는 끼어들지 말아야 해!

셰프가 끄덕인다.

"가자, 이 희누르스레한 녀석아. 가만, 거기서 뭐 해?"

돌아보니 세이디가 라이플로 목화솜 뭉치를 찌르고 있다. 그러면서 중얼거린다.

"너희는 목화밭에서 일한 적이 없어서 당연히 모르겠지. 하지만 7월은 수확을 막 시작하는 때라고. 이런 창고는 비어 있어야 해."

"그래서?"

나는 불안한 마음으로 골목을 흘깃거린다. 이럴 시간이 없다.

세이디는 솜뭉치에 손을 넣으며 내 말을 받아친다.

"그래서, 뭘 숨긴 건지 궁금하네."

세이디의 팔이 검은 유리병을 들고 나온다. 세이디는 씩 웃으며 코르크 마개를 뽑더니 한 모금 마시고 후드드 몸을 떨며 외친다.

"테네시 위스키로군!"

이어서 셰프가 다른 뭉치로 몸을 던져 칼로 솜을 파헤치더니 두 병을 더 끄집어낸다.

나도 세이디에게 앓는 소리로 칭찬한다. 금주법이 여전히 시행 중이라, 테네시 위스키는 돈이 꽤 된다. 그리고 이런 괴물 사냥 작전에는 돈이 든다.

"가져갈 건 가져가더라도 서둘러야 해!"

나는 죽은 쿠 클럭스를 내려다본다. 괴물의 허연 피부가 이미 회색으로 변해 벗겨져서는 종이 재처럼 하늘에 떠다니다가 우리가 보는 앞에서 먼지로 변한다. 쿠 클럭스가 죽임을 당하면 그렇게 된다. 몸뚱이는 이승의 것이 아닌 듯 ─ 아니라고 난 확신한다 ─ 바스라져 사라진다. 20분 뒤면 피도 뼈도 아무것도 남지 않는다. 먼지뿐. 그래서 그림자와 싸우는 기분이 든다.

"도움이 필요해?"

셰프가 죽은 쿠 클럭스 쪽으로 손짓한다.

나는 고개를 젓고 검을 들어 올린다.

"너희는 트럭을 가져와. 진 할머니가 우릴 기다리고 있어. 이건 내가 처리할게."

세이디가 콧방귀를 뀐다.

"개 가지고 그 난리더니 이걸 보곤 눈도 깜빡 안 하네."

나는 두 사람이 가는 것을 확인한 뒤 죽은 쿠 클럭스에게 시선을 돌린다. 세이디는 하나만 알고 둘은 모른다. 그 개는 아무도 해치지 않았다. 이 유령들은 사악한 존재이고 쓰러뜨려야 한다. 그 점에 대해서는 아무런 거리낌도 없다. 검을 들어 단호하게 휘둘러 쿠 클럭스의 팔꿈치를 가른다. 선혈이 내게 튀지만 곧 그것도 먼지로 변한다. 머릿속에서 오래전 죽은 노예들과 결박당한 추장들의 노랫소리가 다시 시작된다. 나도 노래하는 검의 리듬에 집중해 흥얼거리며 소름 끼치는 작업을 시작한다.

2장

빛바랜 초록색 도어, 덜컹거리는 엔진, 여기저기 때운 타이어. 고물 패커드 차량을 타고 우리가 메이컨 시내를 떠날 때 시위대도 흩어진다. 그래도 패커드는 새 트럭만큼 잘 달린다고 셰프가 우긴다. 운전대를 잡은 셰프는 짙은 참나무 향 담배 연기로 실내를 채운다.

"왜 내가 늘 가운데 앉아야 해?"

우리 사이에서 무릎에 윈체스터를 끼우고 앉은 세이디가 불평한다.

"그리고 왜 코디가 항상 운전해?"

"내가 나이가 제일 많으니까."

셰프가 체스터필드를 입에 문 채 대답한다.

"그래서? 난 지난달에 스물한 살이 됐어. 6년 더 살았다고 별건가."

"이건 어때. 난 프랑스에서도 이 트럭을 몰았어. 독일 지뢰를 피할 수 있으면 메이컨 땅의 팬 곳도 피할 수 있지."

그 말을 증명하듯 셰프는 운전 방향을 튼다.

"음, 마리즈는 왜 문 쪽에 앉아? 나보다 네 살밖에 안 많은데."

"난 창문을 열고 토끼를 쏘려고 하지 않으니까?"

세이디가 어이없다는 표정을 짓는다.

"아까는 개에게 다정하더니 이젠 토끼네."

"원하면 뒷자리에 앉아."

셰프가 엄지로 불룩한 황갈색 차양으로 덮은 트럭 뒤를 가리킨다. 세이디는 중얼거리더니 불쌍한 표정으로 고개를 숙인다. 우리가 운반하는 것과 기꺼이 함께 앉고 싶어 할 사람은 없다.

나는 차창 밖으로 시선을 돌려 메이컨 시내 벽에 붙은 광고를 읽는다. 하나는 리글리 사의 스피어민트 껌 광고다. 노란 비옷을 입은 소년이 크래커 상자를 들고 있는 유니더 비스킷 광고도 있다. 하지만 내 시선은 건물 한곳의 한 면을 전부 차지한 포스터에 닿는다. 하나는 청색, 하나는 회색 군복을 입은 남북전쟁 때의 군인 두 명이 조잡한 미국 국기 아래 악수하고 있다. 'D. W. 그리피스 작품'이라고 붉은색으로, 그리고 큰 흰색 활자로 「국가의 탄생」이라고 적혀 있다. "전국을 전율하게 한 영화의 개봉!" 이런 문구도 덧붙어 있다. "스톤 산에서 일요일 상영!"

내게 다가온 세이디가 창문 쪽으로 몸을 뻗더니 그 포스터를 향해 욕설을 내던진다.

세이디가 잘못했다고 말할 수 없다.

***

잘 알려져 있다시피, 2세대 클랜은 1915년 11월 25일 태어났다. 우리가 디데이 혹은 악마의 밤이라고 부르는 날, 윌리엄 조지프 시몬스와 여느 늙은 마녀, 그 밖의 열다섯 명이 애틀랜타 동쪽의 스톤 산에서 만난 때였다. 그들이 사람 살갗을 종이 삼아 피로 주문을 적어 만든 책을 읽었다는 이야기가 있다. 증명할 수는 없다. 하지만 쿠 클럭스라는 괴물을 불러낸 장본인이 그자들이었다. 그리고 그 모든 것이 이놈의 영화에서 시작됐다.

「국가의 탄생」은 책을 바탕으로 만든 영화다. 실은 두 권의 책 『무리의 일원』과 『표범의 점』인데, 토머스 딕슨이란 자가 쓴 것이다. 딕슨의 아버지는 남부 연합 사우스캐롤라이나의 노예주였다. 그리고 마법사였다. 내가 듣기로 남부 연합의 거물 중에는 마술에 관심을 가진 자가 많았다. 흑마술도 마찬가지였다. 제프 데이비스[6], 바비 리[7], 스톤월 잭슨[8] 등, 악마보다 지독한 자들과 한패였다.

최초의 클랜은 남북전쟁이 끝나고 결성됐다. 역시 사악한 마술사인 네이선 베드퍼드 포레스트[9]와 원한에 사로잡힌 도당이 악마에게 영혼을 팔았다. 그리고 스스로 '밤의 기수(騎手)'라고 부르기 시작했다. 노예 신분에서 해방된 이들은 그들을 마인(魔人)이라고 불렀다. 처음 생겨난 클랜은 머리에 뿔이 나고 짐승처럼 생겼다고 한다! 사람들은 그것을 흑인의 미신일 뿐이라고 여겼다. 하지만 해방된 몇몇 노예들은 포레스트와 증오로 가득한 도당이 어떻게 변했는지 볼 수 있었다. 괴물이 된 것이었다. 이 쿠 클럭스처럼.

---

6   Jefferson Davis(1808~1889). 미국의 정치가. 1861년부터 남부연맹 대통령을 역임함.

7   Robert E. Lee(1807~1870). 남북전쟁 당시 남부 연맹군 장군.

8   Stonewall Jackson(1824~1863). 남북전쟁 당시 남부 연맹군의 유명한 지휘관.

9   Nathan Bedford Forrest(1821~1877). 남북전쟁 당시 남부 연맹군 장군으로서, 재건시대 쿠 클럭스 클랜의 수장. 수장의 명칭이 '대마술사(Grand Wizard)'였다.

해방된 이들, 로버트 스몰스[10]와 그를 따르는 무리는 최초의 클랜을 끝장냈다. 클랜은 사라졌지만 그들이 퍼뜨린 악령은 살아남아 유색인이 이제 투표를 한다는 이유로 채찍질하고 죽이고, 정부에서 내쫓고, 온갖 학살을 저질러 지금껏 우리 숨통을 죄는 짐 크로법[11]을 시행했다. 전쟁의 승자가 누구이고 패자가 누구인지 판단하기 어렵다.

하지만 어떤 이들에겐 그걸로도 충분하지 않았다.

토머스 딕슨의 아버지는 최초의 클랜에 들어가 그 흑마술을 가르쳤다. 토머스 딕슨은 주문을 쓰듯이 책을 썼다. 독자들의 영혼을 악령에게 넘기고 클랜을 다시 일으키기 위해서. 하지만 책을 읽는 사람은 정해져 있다. 그래서 D. W. 그리피스가 다음 일을 맡았다. 딕슨과 짜고서 그 책을 새로운 마법, 즉 영화로 만든 것이다.

1915년 「국가의 탄생」이 등장하자, 신문에서는 그 영화가 몹시 실감 나며 그 누구도 본 적 없는 작품이라고 떠들어 댔다. 그 영화는 몇 주, 몇 달씩 매진됐다. 대법원, 국회, 백악관에서도 상영했다. 백인들은 검은 구두약을 바른 백

---

10 Robert Smalls(1839~1915). 미국의 정치가. 노예로 태어났으나 남북전쟁 당시 남부연맹의 선박 플랜터호를 북부로 운항해 가서 자신과 가족, 선원들을 해방시켰다. 그의 설득으로 링컨 대통령은 흑인 군인의 북군 입대를 승인했다.

11 1965년까지 남부 연합의 모든 공공건물에서 인종 분리를 합법화한 법.

인 남자들이 백인 여자들을 쫓는 영상을 게걸스레 즐겼다. 백인 여자들은 극장에서 기절했다. 어떤 백인 남자는 권총을 꺼내 스크린을 향해 쏘기도 했다고 들었다. "어여쁜 처녀를 망할 놈의 검둥이 짐승에게서 구출"하려는 시도였다면서. 클랜들이 말을 타고 용감히 싸울 때, 백인들은 "신들린 사람처럼" 열광한다고 신문에서 말하는데, 어느 정도는 사실이다. 딕슨과 그리피스는 그 어떤 책보다 많은 사람에게 영향을 주는 주술을 걸었다.

같은 해, 시몬스 일당은 스톤 산에서 모였다. 「국가의 탄생」이 과거의 사악한 힘을 불러일으키는 데 필요한 영혼을 모두 넘긴 뒤였다. 미국 전역에서 클랜이란 말도 들어 본 적 없는 백인들마저 그 영화가 거는 주술에 넘어갔다. 클랜은 남부의 진정한 영웅이며 유색인은 괴물이라고 믿게 됐다.

신은 언제나 선하다고들 한다. 그분은 역설도 좋아하시는 것 같다.

***

우리는 시내를 벗어나 칼리지 스트리트의 잘 관리한 저택들을 지나서 플레전트힐로 들어선다. 단층짜리 농장집과 밝은색을 칠한 작은 주택, 부유한 흑인들의 집. 노예 신분에서 해방된 사람들은 칼리지 스트리트 근처의 플레전트힐에 정착했고, 그 덕분에 백인들은 요리사와 가사 도우미를 가까이 둘 수 있었다. 변호사, 의사, 식료품상이며 원하는 것은 모두 자기네 사람을 찾았다. 마치 분리된 메이컨처럼.

그럼에도 전신선은 없다. 거리는 비포장도로라서 패커드는 건조한 7월의 열기 속에 흙먼지를 날리며 달린다. 이 년 전, 플레전트힐에 물이 뚝 떨어진 적이 있었다. 아기 목욕을 시키지도, 먹을 것을 만들지도, 청소를 할 수도 없었다. 1월에 그것을 해결하는 시 정부는 당밀처럼 느리게 움직였다. 시 공무원이 이곳에 찾아오는 건 흑인이 강제 노역을 하다가 달아나는 때뿐이다. 그러면 메이컨 경찰이 오토바이를 타고 찾아와 전부 연행해 간다.

긴 커브 길가의 유색인 공동묘지를 지나 울퉁불퉁한 길을 따라 달리니 세이디의 불평이 끊이지 않는다. 진 할머니의 농장은 마치 버려진 곳 같다. 덤불이 자라는 들판과 화분에 심은 식물이 그렇다. 넓지는 않다. 1층에 비스듬한 지붕을 네 개의 기둥이 받치고, 붉은 벽돌 굴뚝이 딸린, 햇빛에 바래고 빗물 자국이 난 갈색 목조 건물이다. 현관문만 눈에 띈다. 데크 천장과 창틀과 같은 하늘색 문이다.

셰프가 패커드를 세우자마자 세이디는 나더러 내리라고 난리다. 내가 문을 열기도 전에 뒤쪽 헛간에서 사람 머리가 튀어나오더니 납땜용 보안경을 쓴 채로 빤히 바라본다. 몸이 뒤따라 나온다. 흰색 원피스 위에 검댕이 묻은 갈색 납땜 앞치마를 두른 여자다. 여자는 치맛자락을 들더니 끈을 묶은 검은 부츠를 신은 발로 성큼성큼 걷기 시작한다. 와, 그 촉토[12] 사람 한번 빠르기도 하다! 내가 차에서 내리자마자 여자는 우리 앞에 선다.

"갖고 왔어?"

여자가 색이 든 보안경을 올리며 숨찬 소리로 묻는다.

"당신도 잘 있었지? 몰리."

셰프가 뛰어내리며 인사한다.

"갖고 왔어?"

동그란 얼굴을 찡그린 여자가 신장 150센티미터가 조금 넘는 몸으로 다가서며 다시 묻는다. 장갑을 낀 그 여자의 손이 머리를 덮은 보닛 속에 잿빛 머리카락을 밀어 넣는다. 몰리 호건은 일종의 과학자다. 그리고 어딘가에 집중하면 그것밖에 신경 쓰지 않는다.

"뒤에 있어요."

---

12 현재 앨러배마와 미시시피에 해당하는 지역에 살던 아메리카 원주민 부족.

내가 대답한다. 몰리는 나를 따라 셰프가 덮개를 올리는 곳으로 다가간다. 뒷자리, 목화 뭉치 두 개 사이에 부연 액체가 가득 든 큰 유리통이 놓여 있다. 하나는 쿠 클럭스의 머리가 눌린 채 들어 있다. 또 하나는 기다란 손톱이 다 붙은 손이다. 세 번째는 발 한쪽이다.

몰리는 정육점에 간 사람처럼 통을 살피며 말한다.

"온전한 시체를 기다렸는데."

"온몸이 다 들어갈 통은 없어요."

"최소한 아직 휴면기 상태인가?"

휴면기. 몰리는 쿠 클럭스가 인간인 척할 때를 그렇게 부른다. 몰리는 제대로 보지 못한다. 몰리에게 그 액체 속에 든 것은 사람의 잘린 머리, 손, 발이지 괴물이 아니다. 아무렇지도 않은 모양이다. 과학자들은 이상하다.

"그렇게 되진 않았어요. 그리고 고맙긴 뭘! 이거 가져오느라 죽을 뻔했지만요. 죽은 줄 알았는데 다시 일어났으니 휴면기는 확실히 아니었어요. 진짜로 싸웠다니까요!"

몰리는 그제야 내 꼴을 알아본 듯 고개를 든다. 눈가에 작은 주름이 진다.

"코디의 폭탄이 효과가 없었어?"

"내 폭탄은 제대로 터졌어요."

셰프가 씨근거리며 대꾸하지만 몰리는 아니라는 표정이다.

"철이랑 은을 충분히 넣었어야……."

"이제 와서 그런 말이 무슨 소용이라고."

셰프가 말을 자른다.

몰리는 눈살을 찌푸리더니 헛간을 향해 외친다. 몰리와 똑같은 옷을 입었지만 좀 더 젊은 여자 넷이 달려 나온다. 하나는 내 또래, 하나는 세이디, 나머지는 막 열여덟 살이 됐다. 몰리의 지시에 따라 그들은 통을 옮기기 시작한다. 하나를 드는 데 둘이 필요하다. 나이가 제일 많은 세라는 통을 놓칠 뻔한다. 셰프가 재빨리 잡아 주자 세라는 얼굴을 붉히며 고맙다고 한다. 셰프가 씩 웃으니 세라는 얼굴을 더 붉힌다. 나는 셰프의 옆구리를 쿡 찌른다.

"아야! 왜?"

"그런 골칫거리를 만들 필요는 없어."

셰프가 깔깔 웃으며 세라의 뒷모습을 본다.

"저 엉덩이는 골칫거리가 아닌걸."

그때 몰리가 쳐다보자 우리는 똑바로 선다.

"목화는 뭐야?"

목화 뭉치에 앉아 있던 세이디가 거기서 병 하나를 꺼내더니 장난스레 흔든다.

"위스키로군! 어떻게 구했어?"

몰리가 웃더니 다시 진지한 표정을 짓는다.

"아까는 무례하게 굴어서 미안해. 조금 정신이 없었어. 양조장을 세 군데나 돌리자니. 다른 일은 말할 것도 없고."

그러면서 집 쪽으로 고갯짓한다.

"어서 들어가서 뭐 좀 먹어. 준비되면 부를게."

몰리는 헛간으로 돌아가고 우리는 집으로 향한다. 가는 길에 나뭇가지에 짙은 청색 병을 걸어 둔 작은 나무들을 지나친다. 뜨거운 여름 바람에 병이 작은 휘파람 소리를 낸다. 현관문과 데크 천장과 마찬가지로, 그 파란색도 유령을 물리치기 위함이다. 걸러인들은 병이 악령을 잡는다고 한다. 쿠 클럭스와 무슨 상관인지 모르겠지만, 내가 진 할머니가 하는 일에 따질 입장은 아니다. 안에서 손뼉 소리와 노랫소리가 흘러나온다. 문이 조금 열려 있어서 밀어 여니 숨이 턱 막힐 만한 광경이 벌어지고 있다.

샤우트 의식이 진행 중이다. 가운데 머리가 희끗희끗한 다섯 남녀가 노래에 맞추어 뒤로 원을 그리며 움직인다. 샤우터(Shouter)다. 허리를 굽혀 지팡이로 바닥을 치며 박자를 맞추는 건 스틱맨(Stick Man)이다. 그 뒤에는 베이서(Baser) 셋이 있다. 오랜 노동으로 낡은 작업복을 입고, 똑같이 거친 손으로 손뼉을 친다. 그들은 리더에게 호응하며 외친다. 술통 같은 가슴에 밀짚모자를 쓰고 온 세상을 향해 고함을 치는 월 아저씨가 리더다.

"부시오, 가브리엘이여!"

"심판의 날에."

"그 나팔을 부시오!"

"심판대에서."

"하느님이 그대를 부르시오!"

"심판의 날에."

"천사들이 외치고!"

"심판대에서."

샤우트 의식은 노예제 시절에 생긴 관습이다. 하지만 월 아저씨 이야기를 들어 보면 그보다 더 역사가 오래되었는지도 모른다. 노예들은 일요일에 쉬는 시간을 얻으면 샤우트를 하곤 했다. 혹은 몰래 숲속으로 들어갔다. 그들은 함께 가서 이렇게 했다. 리더, 스틱맨, 베이서가 함께 노래하고 손뼉치고 지팡이를 두드리면 샤우터들은 노래에 맞추어 움직인다. 샤우트를 할 때는 영혼이 지시하는 대로 움직여야 하고 영혼이 놓아 주기 전까지는 멈출 수 없다. 그걸 춤이라고 부르진 않는다! 그랬다간 월 아저씨가 앉혀 놓고 제대로 가르쳐 줄 테니까. 봐라, 샤우트는 사실 노래가 아니라 동작이다. 월 아저씨는 이런 샤우트에 가장 큰 힘이 있다고 한다. 노예 시절에서 살아남고, 자유를 위해 기도하고, 그 악행을 끝내 달라고 하느님을 부르는 샤우트에.

내 검이 유령처럼 희미하게 손에 나타나는 게 느껴진다. 절반은 이 세상에, 절반은 다른 세상에 존재하는 것처럼. 머릿속의 노래가 시작되고 여러 추장과 왕이 울부짖는 가운데, 그들이 팔아먹은 자들이 나뭇잎 모양의 검에 밀려들고, 과거의 신들이 깨어나 샤우트에 맞추어 몸을 흔든다. 실내 전체가 빛으로 가득하다. 빛은 노래하는 이들에게서 일어나서, 스틱맨의 지팡이에서 빠지직거리는 번개로 터져 나오고, 샤우터의 발이 단 한 번의 꼬임 없이 움직이는 곳에 눈부신 자국을 남긴다. 그 밝은 빛이 다른 이를 모두 가려 버린다. 겁에 질린 어린 소녀도 무섭다고 속삭이고는 연기로 사라진다. 내 검은 그 마법을 마시고, 머릿속의 노랫소리는 점점 커진다. 하지만 그 빛은 내게 오지 않는다. 빛은 대부분 악령을 막는 파란 드레스를 입고 한가운데 선여자에게 흘러간다.

진 할머니다.

마법이 진 할머니를 에워싸고 있다. 긴 두 팔은 빛을 머

금은 검은 흙을 다져 지은 것 같다. 진 할머니의 손끝에서
흘러나온 빛이 주위에 둔 병에 뚝뚝 떨어진다. 그러면 안에
든 액체는 벌꿀같이 금빛으로 변하며 등불처럼 밝아진다.
지금껏 이 걸러인 여인의 이런 모습을 여러 차례 목격했지
만, 여전히 나는 이 광경을 볼 때면 눈이 휘둥그레진다.

의식이 끝나면 그 빛은 사라진다. 샤우터, 베이서, 스틱
맨, 윌 아저씨는 영혼을 소진할 정도로 힘겹게 일한 듯 땀
범벅이다. 진 할머니가 의자에 털썩 주저앉으면, 통통한 몸
에 의자가 삐걱거린다. 그사이 어린 남자아이들이 병에 코
르크 마개를 끼워 통에 담는다.

이건 진 할머니의 비법 요리다. 옥수수와 보리로 만든
술, 걸러인이 간직한 마법으로 만든 것이다. 그걸 증류주로
마시는 사람도 있다. 진처럼 매끄럽고 위스키처럼 강하기
때문이다. 가정을 축성하는 데 쓰기도 한다. 혹은 아기들
을 씻기는 데 쓰기도 한다. 사람들은 그것을 온갖 이름으
로 부른다. 어머니의 눈물, 순수한 물, 엄마의 물. 하지만 병
마다 이렇게 적혀 있다. '어머니의 물.'

진 할머니는 그것을 보호용으로 만든다. 우리 시대의 악
령인 클랜과 폭도, 린치를 쫓기 위한 작은 마법으로. 그리
고 쿠 클럭스를 쫓기 위한 마법으로. 효험이 있을지도, 없

을지도 모른다. 하지만 이 액체는 카운티 내에서 가장 큰 수입을 올리는 것으로 꼽힌다. 쿠 클럭스를 쫓지 않을 때 나와 세이디, 셰프는 조지아주를 가로질러 다니며 어머니의 물을 나른다. 이미 말했듯이 괴물 사냥 사업은 돈이 되지 않으니까.

식탁에서 풍기는 음식 냄새에 군침이 돈다. 사람들은 이미 그 주위에서 접시를 쌓고 있다. 나도 그쪽으로 가려는데 진 할머니의 시선이 부른다. 한숨이 나온다. 음식은 기다려야 할 것 같다. 나는 돌아서서 사람들을 뚫고 진 할머니에게 다가간다.

내가 지금 메이컨에 있는 이유도 이 할머니 때문이다. 삼 년 전 그 붉은 여름[13], 저 위 멤피스에서 진 할머니가 부르는 소리를 들었다. 어떤 노래가 민들레 홀씨처럼 바람을 타고 날아와 테네시의 숲속을 달리던 내게 닿았다. 나는 반미치광이 상태로 검을 쥐고서 쿠 클럭스들이 한 짓에 내가 할 수 있는 보복을 하던 중이었다. 세이디도 쿠 클럭스들이 할아버지를 살해하자 위니를 들고 앨라배마주를 가로지르며 붉은 구멍이 뚫린 시체들을 남기고 있었다. 코디는 전쟁

---

13 1919년 중반, 미국 전역에서 수십 건의 백인우월주의 테러와 그에 대한 저항이 일어나던 시기를 말한다.

에서 할렘으로 돌아와 괴물이 보인다면서 악몽을 피해 시카고로 달아났다. 하지만 진 할머니는 우리에게 멈추라고, 자기 말을 듣고 따라오라고 했다. 우리를 이 전쟁의 병사로 징집한 것이다.

"진 할머니."

나는 공손히 인사한다.

진 할머니는 큰 의자에 앉아 있다. 어깨에 닿는 흰 곱슬머리는 묶지 않으면 나처럼 부스스하다. 황갈색 두 눈이 나를 보는 동안, 쟁기질한 시골 흙냄새가 우리 사이 공간을 채운다. 진 할머니는 내 오른손을 보고 눈살을 찌푸리며 멈춘다. 검은 없어졌지만 나는 그 두 눈이 검이 남긴 희미한 자취를 볼 수 있다는 걸 안다. 진 할머니는 검을 인정하지 않는다. 그것의 유래를 인정하지 않는다고 할까. 유령이 주는 선물에는 대가가 따른다고 한다. 하지만 진 할머니도 마법을 쓴다. 나도 내 몫을 쓰는 것이다.

"그 백인 악령 때문에 애 좀 먹었느냐?"

진 할머니는 거의 평생 메이컨에 살았지만 걸러인으로 키워졌다. 캐롤라인 제도에서 벗어나지 못한 가족과 오랫동안 떨어져 있던 탓에 자신의 본모습이 좀 바랬다고 한다. 하지만 걸러어 말투는 전혀 바랜 것 같지 않다.

있었던 일을 내가 전하자 할머니의 숱 많은 눈썹이 흰 애벌레처럼 솟아오른다.

"죽었는지 보려고 저놈의 백인 악령을 가져온 거라고?"

이번엔 내가 찡그린다.

"쿠 클럭스가 죽었는지 살았는지는 구분할 수 있어요. 은이랑 철 폭탄에 맞고도 곧바로 일어섰어요."

할머니가 쓰읍 소리를 낸다.

"저런! 백인 악령을 무엇에 쓰려고!"

그리고 좀 더 진지하게 덧붙인다.

"은으로 해결이 안 되면 정말 큰일이구먼. 주여, 도와주소서."

"감당 못 할 정도는 아니에요."

용감하게 말하지만, 나도 불안하다.

"얼간이 백인은 죽이지 않았느냐?"

백인 악령은 쿠 클럭스를 가리킨다. 얼간이 백인은 변하지 않은 클랜을 가리키는 말이다. 진 할머니는 아직 인간인 자들은 죽이지 말라고 신신당부한다. 모든 죄인에게는 회개할 기회가 있다면서. 글쎄다. 내가 보기엔 클랜이 하나 줄면 쿠 클럭스가 생겨날 가능성도 줄어든다. 하지만 나는 할머니의 원칙을 따르기에 고개를 끄덕인다.

진 할머니는 샤우터들에게 눈길을 보내며 고개를 끄덕인다. 윌 아저씨가 갈색 머리를 묶어 올리고 무늬 없는 갈색 원피스를 입은 자그마한 여자와 이야기를 하고 있다. 독일인 과부 에마 크라우스다. 에마의 남편은 시내 상점을 소유했지만 1918년 독감으로 사망했다. 여전히 그 상점의 주인인 에마는 우리 밀주 사업에도 관여한다. 하지만 사실 독일에서 음악을 공부했기에 샤우트 의식에도 열성적이라, 노래를 쓰고 안부를 묻는 데 시간을 들인다.

"이 사람들은 언제 집에 가죠?"

그러자 진 할머니가 중얼거리며 콧방귀를 뀐다.

"금요일에 간대. 무례한 전도사 같으니. 우리 마법이 흑마술과 관련이 있다고 한다. 무례하고 쓸모없는 전도사 같으니."

그건 좋지 않다. 어머니의 물을 만들려면 샤우터들이 필요하다. 다만, 사람들은 마법과 샤우트를 섞는 것이 그르다고 한다. 밀주에는 상관하지 않는다. 진 할머니는 사람을 살리는 게 먼저라고 한다. 영혼은 나중에 걱정하라고. 진 할머니는 윌 아저씨를 설득했다. 아저씨가 할머니에겐 마음이 약해지니까.

"하지만 내 음식을 먹으려고 더 머물지도 모르지."

할머니가 눈을 찡긋한다. 음식이란 말을 듣고 내 얼굴에 시장기가 드러난 모양이다.

"내가 만든 음식을 저 애가 다 먹어 치우기 전에 너도 가서 들려무나!"

확인하지 않아도 세이디에게 한 말임을 알 수 있다. 그 애는 소 한 마리도 먹어 치울 수 있다. 그게 다 어디로 들어가는지 알 수 없는 노릇이지만. 내가 돌아서는데 갑자기 진 할머니가 팔을 붙잡는다. 돌아보니 성난 얼굴에 황갈색 눈이 태양처럼 빛나고 있다.

할머니가 쇳소리로 말한다.

"어젯밤, 수탉 셋이 달을 보고 노래하더라! 오늘 아침엔 쥐가 뱀을 먹어 치웠어! 피처럼 머리칼이 붉은 백인 꿈을 꿨다. 나쁜 징조야. 아주 나빠. 저 애들."

그러면서 세이디와 셰프에게 턱짓을 한다.

"서로에게 말이다. 이번에는 때가 좋지 않다. 폭풍이 불게다."

할머니가 손을 놓고 등을 기대자, 나는 나도 모르게 숨을 참고 있었음을 깨닫는다. 대체 무슨 소리지? 하지만 할머니는 이미 눈을 감고 나지막이 흥얼거린다. 나는 오싹한 느낌을 떨치고 다른 사람들에게 다가간다.

접시를 들고 자리를 잡을 무렵에는 아주 굶어 죽기 직전이다! 굴밥, 매운 새우, 빨은 옥수수, 튀긴 오크라, 구운 생선, 달콤짭짤한 옥수수 케이크가 있다. 그간 받은 가정교육 덕분에 손가락을 핥고 싶은 걸 참는다. 옆에 앉은 세이디는 신음 소리를 내며 배를 쓰다듬고, 맞은편의 셰프와 독일인 과부는 요란하게 논쟁 중이다.

"무슨 일로 저래?"

"맨날 하는 소리지 뭐겠어?"

내 질문에 세이디가 대답한다.

세이디는 1920년 월스트리트 폭탄 테러 사건을 연상시키는 사진이 실린 타블로이드 신문 — 에마가 가게에 배달시킨 것 — 을 집어 들고 내게 작은 팸플릿을 건넨다. 유색인, 백인, 아마도 중국인인 남자 셋이 사슬에 묶인 지구본을 향해 망치를 휘두르는 그림이 실려 있다. **'만국의 노동자여 연합하라!'**라고 적혀 있다. 에마의 팸플릿이 분명하다. 셰프는 그런 걸 볼셰비키 타령이라며 탐탁지 않게 여긴다.

"난 그쪽 혁명에 유색인이 돌격대로 동원되는 걸 보고 싶지 않아요. 여긴 모스크바가 아니니까요."

셰프의 주장에 에마가 대꾸한다.

"아니죠. 하지만 제정시대 러시아가 지닌 불평등이 전부 존재하잖아요. 농노 같은 소작인들. 노동자의 모독. 인종 차별. 모든 걸 사회주의가 근절할 수 있어요!"

"사회주의가 백인을 해결한다고요?"

"가난한 백인 노동자들이 자기네가 유색인과 같은 처지인 걸 알고 나면……."

에마의 말에 셰프가 웃더니 다가가 이렇게 말한다.

"당신네 가난한 백인 노동자들이 제일 먼저 린치에 나서죠. 시카고에선 그들이 조합에서 유색인을 내쫓고 있어요. 내가 어릴 때 백인들은 7월 4일에 권투 시합에서 잭 존슨[14]이 백인을 이겼다고 폭동을 일으켰어요. 뉴욕에서 오마하까지 흑인을 사냥했고, 전차에서 유색인의 목을 갈랐어요. 싸움에서 누가 이겼는지 알려 주겠답시고. 마르크스가 그걸 고칠 수 있다고 생각해요?"

에마가 눈살을 찡그린다. 에마는 나보다 열 살 많지만 동그란 안경을 쓰고 체격이 작아 나이를 잘 가늠할 수 없다.

"그 사람들도 이용되고 있다는 걸 알리기 위해 노력해야 해요. 유색인을 증오하도록 배웠지만, 거기서는 얻는 게 없다는 걸 알려야죠."

14　John Arthur Johnson(1878~1946). 흑인 최초의 복싱 헤비급 챔피언이며 '갤버스턴의 거인'이라는 별명으로 알려져 있다.

"아, 그거요, 난 동의하지 않아요. 백인은 그 증오에서 뭔가 얻어 내요. 급료는 아닐지 모르죠. 하지만 우리가 바닥이라 여기고 우리 위에 올라서면, 돈 받은 것만큼 좋겠죠. 어쩌면 더 좋을지도 모르고."

에마가 간절한 어조로 말한다.

"하지만 더 나은 사회를 상상할 수 없나요? 유색인과 백인이 공익을 위해 일하는 사회를? 여성이 남성과 동등한 사회를? 난 세계 대전을 지지하지 않았어요. 그건 자본주의자의 전쟁이었죠. 하지만 당신은 싸웠어요. 그래도 할렘 헤이파이터에 입대하려면 남자인 척해야 했죠."

"헬파이터예요."

"아! 아무튼 내가 하려는 말은, 좀 더 평등한 세계를 상상해야 한다는 거예요."

셰프는 고개를 젓는다.

"상상하는 대로 되진 않아요. 난 흑인들에게 백인처럼 돈을 모으라고 해요. 우리 중에서도 록펠러나 카네기가 몇 명쯤 나와야 한다고. 우린 볼셰비키들에게 얽매이지 않아도 이미 골칫거리가 충분해요. 당신네 사람들이 공산주의를 설파하고 다니지 않았다면 더 잘 먹고 잘살 거라는 생각은 안 해 봤어요?"

에마가 슬픈 미소를 짓자 뺨에 보조개가 들어간다.

"우리가 돈을 벌면 '탐욕스러운 자본주의자'죠. 우리가 평등한 사회를 외치면 '더러운 볼셰비키'가 되고. 유대인을 증오하려는 자들은 언제나 정당화할 방법을 찾아낼 거예요. 이곳 조지아주에서도 가엾은 프랭크[15] 씨를 목매달아 죽였잖아요. 이성이니 법이니 해도."

셰프가 씨근거린다.

"백인들이 원하는 게 있으면 이성이나 법은 별 의미가 없죠."

나는 두 사람의 대화에서 시선을 돌려 팸플릿을 치워 두고 내 책을 꺼낸다. 접히고 구겨졌지만 표지는 아직 읽을 수 있다. 『흑인 민담집』. 책을 펼치고 글에 집중해 바깥세상의 소리를 잊는데 세이디가 쿡 찌른다.

"그거 벌써 몇 번째 읽는 거야?"

나는 어깨를 으쓱인다.

"세어 본 적 없어."

"새 책 없어?"

"이건 우리 오빠 책이야."

---

15 Leo Max Frank(1884~1915). 10대 소녀를 살인했다는 누명을 쓰고 수감되었다가 감옥에서 납치당하여 살해당한 인물로, 유대인 차별의 희생양으로 알려져 있다.

그 이야기를 한 건 처음이다.

"아. 오빠가 쓴 거야?"

"아니. 오빠가 읽어 주던 거야."

"토끼 형제랑 곰 형제 이야기?"

"그리고 사자 형제랑 역청 아기……."

신이 나서 이야기하던 오빠의 목소리가 떠오르니 내 입꼬리가 올라가며 미소가 떠오른다.

세이디가 말한다.

"우리 할아버지도 이야기를 해 줬어. 말하는 동물 이야기는 아니지만. 유령 불빛이랑 강에 사는 마녀, 날아다니는 사람 이야기였어. 할아버지는 아프리카 사람에겐 날개가 있었는데 백인들이 돌아가지 못하게 날개를 잘랐다고 했어. 내가 어릴 때 할아버지는 엄마가 그렇게 날아갔다고 했어. 달아났단 뜻이라는 건 나중에 알았지."

세이디의 어머니는 앨라배마에서 백인의 저택 청소를 했다. 어느 날 그 백인이 세이디의 어머니를 눈여겨보더니…… 음, 아주 나쁜 짓을 했다. 어머니가 떠난 뒤 세이디는 할아버지가 키웠다. 할아버지는 세이디 아버지가 누군지 알려 주지 않았다. 세이디가 라이플을 잘 쏘고 세이디가…… 음, 세이디라는 이유로. 세이디는 내 표정을 보더니 너무 큰 멜빵바지를 걸친 어깨를 으쓱인다.

"엄마가 날개를 펼치고 새처럼 날아갔는지도 모르지. 상
처받지 않는 곳으로. 엄마가 거기 갔다고 화나지는 않아."

세이디는 몇 시인지 시간을 알려 주듯이 태연하게 말한
다. 하지만 목이 메는 소리에서 세이디의 깊은 상처를 알
수 있다. 우리 모두가 그렇듯이. 나도 엄마를 기억한다. 나
를 재우고 아침을 채우던 엄마의 콧노래. 나와 오빠는 그
냥 누워서 엄마의 노랫소리를 온몸으로 흠뻑 듣곤 했다.

"오늘 밤엔 뭐 하지?"

세이디가 화제를 바꿔 묻는다.

"진 할머니가 우리한테 시킬 일이 있나 봐."

"쳇! 7월 4일에? 네 남자 도망가게 생겼네!"

"그래?"

나는 다시 책으로 시선을 돌린다.

"'그래'라니? 겨우 '그래'야? 2주 동안 어머니의 물을 날
랐어. 돌아오자마자 쿠 클럭스를 사냥하고. 그런데 그 사람
생각은 안 해?"

"글쎄, 하겠지. 안 할지도."

세이디의 사악한 웃음소리가 길게 이어진다.

"내가 만약 그렇게 좋은 남자를 사귀면 트럭을 타고 돌

아다닐 생각도 안 할 거야. 그 남자를 타고……."

"세이디 왓킨스!"

나는 화가 나서 고개를 들며 외친다.

"내숭 좀 떨지 마. 진 할머니랑 윌 아저씨가 오늘 밤 여기서 뭘 할 거 같……."

"세이디! 부탁이니 그만해. 제발!"

세이디는 그럴 생각 없는 고양이처럼 웃다가 내 뒤로 눈길을 돌린다. 돌아보니 진 할머니가 몰리 호건의 조수 하나를 이끌고 다가오고 있다. 할머니가 오자 우리는 일어선다. 셰프도 토론을 멈춘다.

"몰리가 우릴 보잔다."

걸러인 여자가 말한다.

***

"표피에 두 번째 껍질이 자라난 게 보이지."

우리는 몰리가 실험실로 쓰는 헛간에서 그녀가 쿠 클럭스의 팔을 가르는 걸 보고 있다. 장갑을 낀 몰리의 손이 흰 살갗을 벗겨 내자 회색으로 변한 근육이 드러나고, 조수가 뿌리는 보존액이 나무 테이블 아래로 흘러내린다.

"손도 봐. 손톱이 고양잇과처럼 움켜쥘 수 있게 변하고 있어."

몰리는 금속 헬멧을 쓴 걸 잊고 얼굴을 문지른다. 부연 안경 뒤에서 눈만 보인다. 몰리는 시력이 거의 없다시피 한 상태다. 그래서 몰리는 이 장치를 만들었고, 조수들이 금속 휠을 돌려 그것을 충전한다. 그 장치로 몰리도 우리처럼, 혹은 우리와 비슷하게 볼 수 있다.

셰프가 묻는다.

"이 쿠 클럭스가 고양이로 변한다고?"

"이 유기체, 쿠 클럭스가 진화하고 있다는 말이야."

그 말에 세이디가 현미경을 만지작거리다가 고개를 든다.

"진화? 원숭이가 인간이 됐다고 하는 사람 말처럼?"

"다윈."

몰리가 대답하고 현미경을 치운다.

"그래, 그 사람. 하지만 그 진화란 건 오래 걸린다면서."

세이디가 기억한다는 사실에 몰리는 감동한 표정이다.

"그렇지. 하지만 몇 달간 이 변화를 기록했어. 실제로 진화가 일어나고 있어. 빠르게."

쿠 클럭스를 연구해 온 몰리는 표본을 가져오라고 우리에게 부탁했다. 몰리는 늘 머리가 좋았다고 한다. 다만, 오

클라호마주의 촉토 지역에는 해방된 이들의 학교가 없어서 독학을 해야 했다. 진 할머니가 불러 메이컨에 오면서 몰리는 조수들도 데리고 왔다. 그들은 다른 헛간에서 어머니의 물을 만들었고 이 헛간은 실험에 쓴다.

"하지만 그게 대체 무슨 뜻이죠?"

에마가 쿠 클럭스의 팔을 노려보며 묻는다.

몰리가 헬멧을 위로 올리고 이마를 닦는다.

"내 부모님이 속한 촉토족은 침례교를 믿었어. 하지만 어머니는 선교사를 거부한 이들에게서 옛 종교를 배웠지. 그들은 세 가지 세계를 믿는다고 했어. 우리가 사는 세계, 윗세계, 아래 세계. 다른 존재들이 가득한 곳이지."

세이디가 비웃는다.

"무신론자인 줄 알았는데."

"맞아. 하지만 우리 우주는 하나뿐이라고 누가 그래? 종이 더미처럼 우리 옆에 다른 우주가 쌓여 있을지 몰라. 그리고 이 쿠 클럭스들은 다른 곳에서 넘어온 걸지도."

"그러고 보니 주술로 불러낸 거였지."

셰프가 상기시킨다.

"주술은 문을 여는 방법일 뿐이야. 그래서 저들이 해부학적으로 저렇게 다르고 우리 요소에 극단적인 반응을 하는 거지."

몰리가 그렇게 설명하자 세이디가 의견을 덧붙인다.

"물을 그리 마시는 까닭도 그래서일 거야."

그 말은 옳다. 쿠 클럭스는 마시는 물을 보면 바로 알 수 있다. 최초의 클랜을 본 유색인은 그들이 몇 양동이씩 물을 마셨다고 한다. 그래서 실로[16]의 용사들의 유령이라고 주장한다. 물 더 줘. 클랜이 요구하곤 했다. 지옥에서 와서 목말라.

몰리가 말한다.

"그것도. 하지만 저들은 변하고 있어. 장기까지 우리 세상에 적응하고 있지."

"여기서 계속 지낼 계획이라는 듯이."

내 말에 몰리가 끄덕이자 모두 조용해진다.

조용한 가운데 세이디가 말한다.

"정부가 원하는 게 바로 그거야. 어이없는 소리라고 말해도 좋아! 하지만 분명 정부는 다 알고 있어. 몰리처럼 저 쿠 클럭스에게 실험을 해 왔다고. 정부가 쿠 클럭스에게 동조하는지 반대하는지는 몰라도, 아는 건 확실해!"

---

16 구약성경에서 이스라엘의 수도였던 지역.

세이디는 워런 G. 하딩[17] 정부가 쿠 클럭스에 대해 안다고 확신한다. 타블로이드 신문을 보고 파악해 냈다고 한다. 우드로 윌슨[18] 대통령이 그리피스의 계획에 관여했지만, 통제할 수 없게 됐다고. 그리고 이제는 전쟁 이후 비밀 부서에서 쿠 클럭스를 연구했다고 한다. 상상력도 풍부하다.

"이것들이 어디서 왔든, 요즘 들어 굉장히 활발해졌어."

중얼거린 셰프가 헛간 벽에 걸린 지도를 본다. 붉은 점이 클랜의 활동을 표시한다. 이 년 전에는 점이 서너 개뿐, 주로 이곳 조지아에 모여 있다. 지금은 사방이 붉다. 남부 전체를 거쳐 중서부를 삼키고 오리건까지 올라가고 있다.

셰프가 말한다.

"웰스바닛 부인의 정보원은 클랜 지부 수가 늘고 있대."

"그럼 쿠 클럭스의 수는 어느 정도일까요?"

에마가 붉은 점들을 보며 묻는다.

몰리가 고개를 젓는다.

"그건 알아내지 못했어. 감염된 후 변화는 개체마다 다른 것 같아."

---

17 Warren G. Harding(1865~1923). 미국의 29대 대통령으로 1921년에 취임해 1923년 갑작스럽게 사망했다.

18 Woodrow Wilson(1856~1924). 미국의 28대 대통령.

클랜이 쿠 클럭스로 변하는 과정을 과학은 그렇게 설명한다. 몰리는 감염이나 기생충과 같다고 한다. 그리고 그것은 증오를 먹이로 삼는다. 몰리는 강한 증오심을 가지면 신체의 화학물질이 변한다고 한다. 감염이 그 증오와 만나면 그 사람을 쿠 클럭스로 변화시킬 만큼 강해질 때까지 자라기 시작한다. 내 생각엔 클랜이 악을 받아들이면, 악이 그들을 먹어 치우는 것이다. 속이 텅 빌 때까지. 그리고 자기가 인간임을 기억 못 하는 허연 악령이 남는다.

"그 영화를 개봉한 것도 놈들인 건 두말할 필요도 없지."

우리 모두 몰리의 그 말에 씁쓸함을 느낀다. 「국가의 탄생」이 처음 나온 지 칠 년째. 쿠 클럭스들을 만들어 낼 만큼 증오심을 불러일으켰다. 그런데 저 사악한 D. W. 그리피스가 그 영화를 다시 배포하려 든다. 문득 포스터가 기억난다.

"일요일, 스톤 산에서 상영한대."

모두 나를 쳐다보자 내가 그렇게 설명한다.

에마가 중얼거린다.

"스톤 산이라. 시몬스가 주술을 행했던 곳이군요."

"그 영화 자체가 주술이라면, 대량으로 증오심을 끌어내겠어. 린치란 행동이 사람들을 화를 부추겨 폭도로 만들듯이."

몰리의 말에 세이디가 비웃음을 터뜨린다.

"그럼 그 영화는 왜 백인만 화나게 하는 거야?"

"어쨌든, 쿠 클럭스는 그 증오에서 태어나. 그리피스의 영화 개봉이 전과 같은 효과를 발휘한다면, 전염병처럼 빠르게 퍼질 거야. 1919년보다 심하게."

몰리가 아랑곳 않고 말한다.

나보다 먼저 셰프가 욕설을 중얼거린다. 1919년은 우리 모두에게 힘든 해였다.

"클랜들이 쿠 클럭스처럼 보이는 모양새가 되는 걸까?"

세이디는 그렇게 물으며 허리를 숙이고 유리병에 넣은 머리를 보고 있다.

"두건처럼 허옇고 정수리가 뾰족하네. 어쨌든, 그 영화 상영하는 극장을 폭파하자고. 1915년에 보스턴에서 트로터[19]가 한 것처럼."

"트로터 씨는 극장을 폭파한 게 아니었어요. 극장을 비우려고 연막탄을 터뜨린 것뿐이에요. 폭동은 그 후에 일어

19　William Monroe Trotter(1872~1934). 보스턴의 신문 편집인이자 흑인 민권 운동가로, 「국가의 탄생」의 초기 버전인 「클랜즈먼」이 1910년 보스턴에서 상영되었을 때부터 강렬한 반대 시위를 펼쳤다.

났죠."

에마가 지적하지만 세이디는 굽히지 않는다.

"뭐, 우린 진짜 폭탄을 터뜨리자고요. 우리뿐 아니라 백인들을 위해서이기도 하죠. 저들은 지금 무슨 일이 벌어지는지 모르니까. 백인 사이에 괴물이 잔뜩 생겨나는데 아무도 모르잖아요!"

"난 알아요."

에마가 상기시킨다.

세이디가 찡그리며 일어난다.

"유대인이 백인인가요?"

에마가 뭐라고 답할지 망설이는데 진 할머니가 껴든다.

"백인들도 그만큼 악령과 함께했으면 보면 알겠지. 그저 안 보려는 거뿐이다."

몰리가 헛기침을 한다.

"괴물을 보는 사람과 못 보는 사람이 있는 까닭은 과학이 풀 문제죠. 그보다 중요한 건, 내 다른 이론이에요."

"이 악령들을 이끄는 지능이 존재한다는 생각 말인가요?"

에마가 묻자 몰리가 끄덕인다.

"쿠 클럭스는 일개미처럼 행동해요. 거주지를 퍼뜨리는

거죠. 그렇다면 누가 지휘하는 건가? 우리가 아직 모르는 위계질서가 존재할 거예요."

"쿠 클럭스를 봤지만, 지각이 없어 보이던데."

셰프가 말한다.

"여기저기 퍼질 만큼은 지각이 있지."

세이디가 중얼거린다.

나는 지도로 눈길을 돌린다. 쿠 클럭스를 통제하는 두뇌가 있다는 몰리의 말은 그다지 신뢰하지 않는다. 하지만 지도의 붉은 점을 보면 체스판이 떠오른다. 다른 말들이 몰려들고 있다.

몰리가 의견을 밀어붙인다.

"1917년 이스트 세인트루이스에서 벌어진 일[20]이 1919년 사건의 전조였다면, 털사는 어떻게 봐야 하지? 조직적인 대규모 공격이었어.[21] 며칠 만에 우리 방어선이 무너지고……."

"우리도 기억해."

셰프가 가로챈다. 그 말에 헛간 전체가 서늘해진다. 우리만이 이 전쟁에서 싸우는 것이 아니다. 전국에 저항 지역

---

20 1917년 5월에서 7월까지 일리노이주 이스트 세인트루이스에서는 백인들이 흑인 노동자를 타깃으로 학살과 테러를 저질렀다.

21 1921년 5월 31일에서 6월 1일까지 털사시 흑인 집단 거주지에 쳐들어간 백인들이 수백 명의 사상자를 발생시킨 사건은 미국사에서 최악의 인종 폭력 사건으로 불린다.

이 있다. 이스턴빌, 찰스턴, 휴스턴. 하지만 작년에 털사를 잃은 건 큰 타격이었다. 쿠 클럭스가 불과 연기를 헤치고 전진하던 모습이 여전히 눈에 선하다.

"무슨 말인가요?"

그렇게 묻는 에마가 갈색 눈에는 걱정이 가득 담겨 있다.

몰리가 숨을 들이쉰다.

"클랜의 증가, 괴물의 대응력, 조직적인 공격에 저 영화 개봉까지. 여기에 지적인 배후가 있다면? 난 있다고 믿거든. 그러면 뭔가 큰일이 벌어질 거야. 대비해야지."

진 할머니를 슬쩍 보니 팔짱을 끼고 바위처럼 굳은 얼굴로 테이블에 놓인 쿠 클럭스의 팔을 보고 있다. 머릿속에서 뜨거운 7월의 바람이 바깥의 병을 매단 나무 사이를 스치는 소리가 들린다. 할머니의 노래를 부르는 소리가.

폭풍, 폭풍, 폭풍이 불 게다……

주석32

'록 대니얼'이라고 부르는 샤우트가 있지.
대니얼이란 주인 창고에서 늘 물건을 훔치던
노예 이름이야. 아무도 주인에게 대니얼이 한
짓을 고해 바치지 않았어. 그들도 고기를 얻어서
좋아한 거지. 그리고 대니얼의 도둑질은 사실 죄가
아니었어. 처음 도둑질은 우리를 아프리카에서 훔
쳐간 자들이 한 짓이니까. 언젠가 대니얼이 고기를
훔치고 있는데 주인이 창고로 간 적이 있었어. 노예
들은 큰 소리로 노래해 대니얼에게 알렸지! 그 샤우
트를 할 때 우리는 대니얼에게 "움직이고" "흔들어"
라고 해. 주인의 채찍질을 피하도록!(웃음) 가장 지
독한 시절에도 우리는 즐길 줄 알았어. 안 그러면
살아남을 수 없으니까.

— 주피터 "스티커" 우드베리(70세)와의 인터뷰,
걸러어를 에마 크라우스가 옮겨 적음.

3장

실내의 음악이 너무 요란해 몸속까지 느껴진다. 피아노
연주자는 한쪽 다리를 낡은 마룻바닥에 디딘 채 자리에서
일어나 건반이 부서져라 두드린다. 땀을 어찌나 흘리는지,
반짝거리게 펴 놓은 머리카락이 어떻게 버티는지 의문이
다. 그는 내내 뉴올리언스에 두고 온 어느 체격 좋은 여자
를 향한 그리움에 울부짖으면서 갈색 정장 차림으로 몸을
흔들며 "그녀가 젤리를 돌려 댈 때!"라고 노래한다. 청중이
열광한다. 남자들은 함성을 지르고 여자들은 그의 열기를
식히려는 듯 손으로 부채질한다.

메이컨에서 유색인이 모이는 데가 프렌치스 여인숙만 있
는 것은 아니다. 하지만 오늘 밤은 그곳에 모두 모인다. 대

부분 소작농과 노동자다. 테이블이 전부 꽉 찼다. 테이블이 없는 곳에는 사람들이 서 있고 계단에도 종종 모여, 어떻게든 자리를 잡는다. 출출 공간도, 조용히 생각할 자리도 없다. 가게 전체가 찌는 듯 덥고 조지아주 특유의 7월 안개가 깔려 있다. 하지만 술을 따르고 음악이 흐르기만 한다면 모두가 단비 같다.

세이디가 말했더랬다. 오늘 밤에는 밀주 작업이 없다고. "여인숙 헛짓거리"에는 관심이 없는 진 할머니였지만 우리더러 모두 나가라고 했단다. 하지만 프렌치스는 여느 여인숙이 아니다. 지붕에서 물이 새는 헛간이 아니다. 이곳은 완전한 2층 건물에 유색인 여행자를 위한 숙소이며, 찾아오는 사람들은 가장 좋은 옷을 차려입는다. 노동자나 소작농이 차려입어 봐야 별거 아니라고 해도. 하지만 나와 동료들의 차림새는 눈에 띈다.

나는 바지 대신 석유램프 불빛에 반짝이는 구슬 자수를 놓은 주황색 원피스를 입었다. 검은 체크무늬 적갈색 정장에 주황색 나비넥타이를 한 셰프는 할렘의 거리에서 튀어나온 듯하다. 세이디마저 작업복을 벗고 붉은 레이스 드레스를 입었는데 깡마른 몸에 그렇게 입으니 퍽 괜찮아 보인다. 세이디는 우리 테이블에 올라가 피아노 연주자에게 휘파람을 불어 댄다. 피아노 연주자가 환호 속에 연주를 마치자, 내려와 자리에 앉는다.

"네 할아버지가 목사님이었다는 걸 믿기 어렵다."

셰프가 그렇게 말하자 세이디는 땋은 긴 머리를 뒤로 넘기며 코웃음 친다.

"오늘은 일요일도 아니잖아. 우리 할아버지는 상관하지 않으실 거야."

그러면서 어머니의 물이 든 병을 들었다가 빼돌린 위스키로 바꿔 우리 잔에 가득 붓는다.

"어어, 나는 그만 마시면 좋겠는데, 세이디 씨!"

떡 벌어진 체구의 남자가 말한다. 언제나 우리를 찾아내는, 정확히 말하면 세이디를 찾아내는 메이컨 주민 레스터다. 세이디는 허스키한 목소리의 남자를 좋아하고, 두 사람은 몇 달 전 어울렸더랬다. 하지만 세이디에게는 같은 남자와 두 번 밤을 보내지 않는다는 규칙이 있다. 안 그러면 남자들이 어리석은 생각을 한다는 것이다. 하지만 세이디가 무슨 말을 해도 레스터는 콧구멍을 벌름거리며 내내 구애하고 있다. 굳이 말썽을 쫓아다니는 남자들이 있다.

"레스터 헨리."

세이디의 말투가 어찌나 펄펄 끓는지 잔머리가 다 내려

앉을 정도다.

"잔에서 손 치우는 게 좋을 거야. 안 그러면 내가 치워 줄 테니까. 여긴 여인숙이지 금주 모임이 아니거든!"

레스터의 얼굴에서 미소가 사라지고 두툼한 턱이 축 처진다. 하지만 손은 치운다.

셰프가 웃음을 터뜨린다. 셰프는 베시에게 팔을 두르고 있다. 노래에 나오는 체격 큰 여자가 떠오르는 사람이다. 새빨갛게 칠한 손톱이 셰프의 짧게 자른 머리 가르마를 느릿느릿 건드리고 둘은 다시 가까워진 연인처럼 서로에게 몸을 기댄다. 그 모습에 내 눈길은 방황하다가 안에서 가장 멋진 존재에 꽂힌다.

마이클 조지, 사람들이 '프렌치'라고 부르는 남자다. 크리올어[22]를 쓰는 탓이다.

그의 고향은 세인트루시아다. 열여섯 살에 고향을 떠나 루스벨트의 파나마 운하에 일거리를 찾아갔다. 그런데 거기에 도착하니 공사가 이미 끝난 뒤였다. 그래서 그는 여행을 떠나 서인도제도, 남아메리카 등등을 거쳤다. 이후 플로리다로 올라와 메이컨에 자리를 잡고 이 집을 열었다. 미

---

22 서로 다른 언어를 쓰는 사람들 사이에서 자연스럽게 형성된 언어인 피진이 그 사용자의 후손들을 통해 모어화된 것으로, 미국 남부 지역의 크리올은 프랑스어의 영향을 크게 받았다.

시시피의 여인숙과 세인트루시아에 있던 술가게, 쿠바에서 본 곳을 섞은 곳이라고 한다. 가난한 사람들도 근사한 걸 즐길 자격이 있다고.

마이클이 바에 있다. 키가 크고 잘생긴 남자다. 하이칼 라의 줄무늬 셔츠와 검은 피부에 잘 어울리는 아이보리 정 장 재킷 아래 어깨 윤곽선이 보인다. 그 재킷을 벗으면 어 떤 모습인지도 기억난다. 다리가 허리와 만나는 지점, 완벽 한 브이자를 그리는 곳이 있는데 내 손끝이 거길 쓰다듬는 상상이 떠오르고…….

"마리즈, 저기 뭘 보고 싱글거려?"

돌아보니 세이디가 날 보고 있어서 위스키를 마신다. 내 가 싱글거렸나?

세이디가 조지 주위의 여자들을 향해 턱짓한다.

"쟤네 중 누가 나서기 전에 저 남자를 잡는 게 좋아. 쟤 네도 저 사람이 네 남자인지 잘 알걸. 우리 흉도 보고 있을 거야."

그럴지도 모른다. 메이컨 사람들은 우리를 기이한 존재라 고 여긴다. 진 할머니가 그렇듯이 우리도 마녀라고 쑥덕인 다. 여자가 밀주를 파는 것부터 말도 안 되는 일이다.

"한 명쯤 손봐 버릴까?"

가까이 다가온 세이디가 콧구멍을 벌름거리며 말하고, 이내 분위기는 살벌해진다. 세이디는 진심으로 하는 말이다. 우리가 법석을 떨며 잔소리를 해도 소용없다. 세이디는 누군가 나나 셰프에게 상처를 주는 낌새를 채면 이 여인숙 전체를 찢어 놓을 것이다. 다정한 마음 씀씀이다. 제정신은 아니지만.

"세이디 왓킨스, 난 남자를 놓고 싸운 적 없어. 이제 와서 그럴 생각도 없고."

"야, 말썽 부릴 생각 마. 마리즈가 아니었음 프렌치는 너를 여기 들이지 않았을 거야. 지난번에 그런 일이 있었으니."

베시의 경고에 세이디는 어이없다는 표정을 짓는다. 하지만 세이디가 제자리에 돌아가자 나는 마음을 놓는다. 셰프가 내 쪽을 흘깃거리며 입 모양으로 말한다. 다이너마이트 가지고 장난치지 마!

다행히 레스터가 제일 좋아하는 화젯거리, 마커스 가비[23] 이야기를 꺼낸다. 레스터는 북부에 한번 다녀오더니 머릿속에 가비를 가득 채워 돌아왔다. 이곳 메이컨에서 세계 흑인 지위 향상 협회 신문을 팔기도 한다. 레스터가 그걸로

---

23 Marcus Garvey(1887~1940). 자메이카의 정치운동가로서 세계 흑인 지위 향상 협회를 설립했고 1916년 미국으로 건너가 뉴욕 할렘 지부를 세웠다.

세이디의 환심을 살 거라고 여긴 까닭은 잘 모르겠다.

마이클 조지를 다시 보니 그의 눈길이 주위에 모인 여자들 머리 위를 지나 내게 머문다. 그가 예쁘게 미소 짓는다. 이곳에 있는 사람이 나뿐이라는 듯이. 일 년 전 만난 이후 처음 만난 것처럼. 오늘 밤 우리가 저 문을 열고 들어오자 나를 끌어안았을 때와 똑같은 미소다. 그의 탄탄한 몸과 면도크림과 섞인 익숙한 체취가 아직 머릿속에 생생하다. 길게 이야기는 나누지 못하고 나중에 만나자는 약속만한 채 그가 우리를 테이블에 안내했다. 하지만 지금 그가보내는 뜨거운 시선에 마음이 두근거린다. 나중이 언제쯤인지 궁금해진다. 누군가 불러 마이클의 시선을 앗아 가고, 나는 주위 대화로 돌아온다.

"그래서 가비 씨는 흑인이 아프리카로 돌아가 우리 몫을 찾아야 한다고 말하는 거죠."

레스터는 여인숙에서도 정치 이야기를 하는 재주가 있다.

세이디는 듣는 척 마는 척이지만 이렇게 말한다.

"차라리 유럽으로 가지. 유럽 사람들이 전쟁 후로 분할하는 걸, 난도질 치는 걸 얼마나 좋아하는지 봐 봐요."

레스터는 눈을 깜빡이면서도 재빨리 말뜻을 알아듣는다. 그는 세이디의 머리가 어떻게 돌아가는지 잘 안다.

"뭐, 세이디 씨. 가비 씨는 유럽은 유럽인의 것으로, 아프리카는 아프리카인의 것으로 주라고 해요. 그렇게 우린 고향을 우리 것으로 만드는 거죠."

셰프가 체스터필드에 불을 붙이며 말한다.

"내 집은 바로 여기인걸. 그걸 위해 피 흘리고 싸웠어. 아직 싸우고. 난 아무 데도 안 가요."

"그건 반박하지 않겠어요. 하지만 아프리카에서 위대한 일을 할 수 있어요. 유색인이 과거처럼 다시 위대해지도록."

"그게 무슨 말이죠, 과거처럼 다시 위대해진다니?"

세이디가 위스키를 더 따르며 레스터에게 묻는다.

"유색인이 세계를 지배했던 때를 말하는 겁니다."

그 말에 세이디가 눈을 가늘게 뜬다.

"유색인이 세계를 지배했다고요? 그게 언제지?"

"타블로이드 신문에 그런 건 안 나오나 봐?"

셰프가 비아냥거린다.

"지배했죠, 세이디 씨! 고대의 흑인 제국 말이에요. 오클라호마주에 드루실라 휴스턴[24]이란 유색인 여성이 있거든요? 그 사람이 에티오피아와 쿠시 사람들이 최초의 인류라는 내용의 책을 쓰고 있었습니다. 한때는 온 세상에 유색

---

24 Drusilla Dunjee Houston(1876~1941). 미국의 작가, 역사가, 교육자, 언론인, 음악가.

인이 살았다고 하고……."

그때 세이디가 레스터의 말을 가로챘다.

"온 세상에 유색인이 살았으면, 백인은 어떻게 생겨났죠?"

레스터는 말문이 막힌 표정이지만 재빨리 만회한다.

"뭐, 백인이 최초의 알비노라는 사람도 있으니까요. 하지
만 난 그렇게 생각하지 않아요. 진화에 대해 그 친구가 쓴
책을 읽었는데……."

"다윈 말이죠! 나도 아는 사람이야!"

"그래요! 음, 다윈이 동물은 시간이 흐르며 변한다고 하
죠. 그러니까, 사람도 바뀌지 않겠습니까? 어쩌면 백인은
과거에 유색인이었는데 겁이 나면 하얗게 질리듯이 하얘
진 걸 수도 있죠. 아니면 추워서거나. 북부의 백인이 얼마
나 흰지 못 봤죠? 항상 겁에 질렸거나 춥거나 둘 중 하나
예요."

세이디는 잠시 아무 말 없이, 잔을 입술에 대고 마시지
않는다. 그건 머릿속에서 뭔가 대단한 걸 굴린다는 뜻이다.
마침내 입을 연 세이디는 속삭이듯 말한다.

"그럼 백인이 사실은 검둥이란 말이에요?"

그 말에 레스터는 말문이 막힌다.

셰프가 고개를 절레절레 젓는다.

"아이고, 대단한 걸 시작하셨군."

"음, 세이디 씨…… 내 생각엔…… 그렇게 표현하지는 않 겠어요……."

"백인이 검둥이다!"

그렇게 다시 말하며 세이디가 잔을 어찌나 세게 내려놓 는지, 레스터가 깜짝 놀란다.

"지금껏 그 인간들은 잘나고 대단한 척했잖아! 하지만 그래 봐야 추운 데서 너무 오래 지낸 검둥이일 뿐이야! 그 래서 그렇게 야비한 거지. 마음속으로는 자기네도 같은 정 글에서 나온 걸 알면서, 바로 자기 피부밑에 있는 검둥이 를 머릿속으로 만들어 낸 거야! 아, 얼굴 펴, 마리즈. 내가 말하는 검둥이는 소문자를 써."

세이디는 레스터의 잔을 채워 내민다.

"쿠쉬인 이야기 좀 더 해 봐요."

"쿠시인입니다."

레스터가 수정한다.

"그래요, 그 사람들. 온 세상이 유색인이었던 오래전에 대해 좀 더 알고 싶어요."

세이디는 천천히 위스키를 홀짝인다.

"이야기 잘하면 내 규칙을 깰 수도 있지."

그러자 레스터는 정신이 드는 것처럼 똑바로 앉는다.

그 후의 대화를 어떻게 견디나 싶은 순간, 기타 소리가 울리더니 하모니카가 앵앵거린다. 피아노 연주자가 다시 건반 앞에 앉고 그 옆의 흰 드레스 여인이 손뼉을 치며 노래하기 시작한다. 그녀의 음성이 강물처럼 강하게 공기 속을 흐르며 사람들을 들어 올린다. 그곳 전체가 동시에 들썩이며 파트너들을 짝지어 춤추기 위한 공간으로 밀어 넣는 것 같다. 셰프와 베시는 내가 눈도 깜빡이기 전에 사라졌다. 세이디와 레스터도 뒤따르지만, 세이디가 돌아와 위스키병을 낚아채 가자 나는 혼자 남는다. 음, 그럴 순 없다.

나는 위스키를 비우고 일어나서 하루의 고통과 수고, 시험을 떨어내며 끌어안은 몸과 흔들리는 골반 사이를 헤치고 걸어간다. 잔뜩 취한 남자 서넛이 세우려고 하지만 나는 쉽게 빠져나간다. 팔을 잡는 멍청이를 내가 신인지 악마인지 알 수 없을 만큼 무섭게 노려보니 재빨리 손을 놓는다.

마이클 조지는 여전히 바 근처에 있는데, 여자 둘이 춤을 추자며 그를 유혹하고 있다. 그가 나를 보더니 실례한다고 말하자 여자들은 입을 삐죽인다.

"날 늙은 하녀처럼 저 테이블에 앉혀 둘 생각이었어?"

마이클 조지는 미소를 짓는다.

"친구들이랑 있기에. 성가시게 굴고 싶지 않았어."

"성가시다고 느껴지면 말해 줄게."

내가 다가서며 대답한다. 그의 팔이 내 허리를 감고, 우리는 말 한마디 없이 음악에 몸을 실어 그 마법에 걸린 듯이 빠져든다. 잠시 쿠 클럭스 생각과 불길한 예감이 멀어진다. 음악과 음악이 지닌 치유의 힘에 모두가 정화될 뿐이다. 나는 이 순간이 벅차다.

발돋움을 하고 속삭인다.

"다른 사람에게 가게 잠그라고 해."

마이클 조지는 나를 한 번 더 보더니 바텐더에게 신호한다. 사랑 운운 두 번 말할 필요 없이 나는 이미 그를 끌고 계단을 오른다.

그의 방에 다다르자 우리는 숨 가쁜 키스를 대여섯 번 나누고 손을 서로의 옷에 밀어 넣어 이것저것 풀며 살갗을 쓰다듬는다. 내내 그는 굶주린 사람처럼 애원한다.

"마리즈. 너무 그리웠어. 다시는 그렇게 떠나지 마. 약속하지?"

나는 약속은 하지 않는다. 하지만 나도 그가 얼마나 그리웠는지 알려 줄 계획이다. 닿기가 무섭게 나는 그의 조끼와 셔츠를 벗기며 단추를 잡아 뜯지 않으려고 애쓴다. 어쩌다가 참나무 서랍장 위에 올라앉아 거울에 등을 댄 채 주황색 원피스를 허리까지 끌어올리고 있는지 기억나지 않는다. 그가 바지 단추를 벗기려 하는데 내가 막는다.

"두 주간 힘들었던 데다 정신없는 하루였어. 그거 해 줘."

마이클 조지가 탐스러운 혀로 앞니를 쓱 핥는다.

"부탁할 필요도 없는데."

그러면서 그가 허리를 숙이려 하자 내가 다시 막는다.

"그리고 크리올어로 말해 줘."

다시 예쁘장한 미소가 떠오른다.

"위. 샹제 푸 음웬, 음웬 엔멘 망제 에피 음웬 엔멘 팔레. 키테 음웬 디 원 시그웨(그래. 다행히 나는 먹는 것도 좋아하고 말하는 것도 좋아해. 그러니까 우리 이제)……"

무슨 말인지 전혀 알 수 없지만 소리만 들어도 온몸이 간질거린다. 긴장을 풀자고 마음먹고 아래층에 흐르는 음악에 귀 기울이며 그의 이름을 부르고 이것이 얼마나 간절한지 속삭인다. 그의 입술이 허벅지 사이에서 크리올어로 말하기 시작하자, 나는 등을 펴며 내 노래를 시작한다.

＊＊＊

꿈인 것을 알고 있다. 전투복을 입고 있으니까. 셔츠, 바지, 각반에 옥스퍼드화. 그리고 예전 집에 서 있다. 이곳은 늘 밤이다. 영원히 밤뿐이다. 멤피스 외곽의 오두막. 남북전쟁 후, 멤피스의 백인들이 사나워지더니 파란 옷을 입은 유색인은 닥치는 대로 공격하고 유색인의 집과 학교에는 불을 질렀다. 내 증조할아버지는 북군 군복을 두고 달아났다. 외딴 이곳에 집을 짓고 그 공포와 백인의 광기로부터 피신했다.

집은 우리가 떠난 칠 년 전과 똑같다. 태풍이 지나간 모습이다. 방은 하나뿐이고 가구와 부서진 항아리를 지나 무릎을 꿇고 바닥에 귀를 댄다. 빠르고 깊은 숨소리가 들린다. 마룻바닥을 쓰다듬어 미세한 홈을 찾아 거의 보이지 않는 문을 들어 올린다.

나를 올려다보는 여자아이에게 눈길이 간다. 하지만 잘 보이기까지 시간이 좀 걸린다. 아이가 잠옷 차림으로 덜덜 떨고 있어 이가 부딪히는 소리가 들리고, 흘러나오는 공포의 시큼한 냄새가 난다. 문을 밀어젖히고 아이의 동그란 입술과 벌름거리는 코끝, 통통한 뺨, 땋은 머리가 캄캄한 작은 공간에 섞여들어 보이지 않게 되는 것까지 살핀다. 과거의 거울을 들여다보는 기분으로.

"내가 싸울 때 성가시게 구는 걸로 모자라 꿈에도 나타나는 거니?"

아이는 낑낑거릴 뿐이다. 나는 짜증이 나서 이를 꽉 문다.

"두려워할 거 없어. 그 검이 있잖아."

아이의 작은 주먹이 옆구리의 은제 자루를 꽉 쥔다. 하지만 들어 볼 시도도 하지 않는다. 그래서 나는 더 화가 난다.

"이리로 올라와! 다 컸는데 이러고 있니!"

그 애는 다 죽어 가는 소리로 더듬는다.

"그놈들이 돌아오면 어떡해?"

"안 돌아와!"

이제 나는 고함을 지른다.

"그냥 여기 이러고 앉아 있을래? 더러운 꼴로! 그 검으로 어떻게든 해 볼 수 있었어! 그들을 막아 볼 수 있었다고! 망할 것, 왜 여기로 나오지 않는 거야! 왜 날 좀 가만두지 않는 거냐고!"

아이의 표정이 바뀌며 두려움을 쫓아내더니 물처럼 매끄러운 목소리로 말한다.

"네가 저 뒤 헛간에 들어가지 않으려는 이유랑 같아. 우린 뭐가 두려운지 알잖아. 그렇지, 마리즈?"

내가 쓰읍 숨을 들이쉬자 그 애의 두려움이 내 목구멍으로 밀려든다.

그 애가 이쪽의 '자신'을 본다.

"넌 왜 나를 항상 어린애로 떠올리는 거야? 우린 어린애가 아니었어. 이러면 우리 사이에 거리가 더 생긴다고 생각해?"

"원하는 게 뭔데?"

내가 애원한다.

"그들이 보고 있다고 네게 알리고 싶어. 그들은 우리가 상처 받는 곳을 좋아한다고. 그걸 이용해서 우릴 괴롭혀."

그들?

"누굴 말하는 거야?"

두려움이 가면처럼 얼굴에 다시 나타나고 그 애 목소리가 낮아진다.

"그들이 오고 있어!"

눈 깜빡할 새 온 세상이 암흑에 잡아먹힌다. 나는 마루 밑 은신처로 돌아간 줄 알고 공황 상태에 빠져 날것의 공포에 휩싸인다. 하지만 아니다. 여긴 내 집이 아니다. 그 칠흑 같은 어둠 속을 원을 그리며 뒤지는데 들려오는 소리가 있다. 저건 노랫소리인가?

전에 없던 희미한 불빛이 앞에 나타난다. 하지만 소음이 나오는 곳이 거기다. 그쪽으로 걸어가자 빛이 무엇인가의 형태를 취한다. 아니, 누군가의 형태를 취한다. 남자다. 남자의 등이 보인다. 트럭만큼 딱 벌어지고 넓은 몸에 멜론 같은 머리 위에 붉은 머리카락이 보인다. 흰 셔츠와 검은 바지를 입고 멜빵을 했는데, 몸에 두른 것은 앞치마 같다. 뭘 하는지는 보이지 않지만 허리를 숙이고 한 팔을 흔드는데 팔이 내려올 때마다 **척!** 소리가 난다. 그리고 작게 끽! 소리도 들린다. 남자는 노래 비슷한 소리를 내고 있다. 음조도 박자도 맞지 않는 지독한 소음을 내고 있다. 한참 지나서야 가사가 들린다.

"그녀가 젤리를 돌려 댈 때!"

남자가 껄껄 웃는다. **척!** 끽!

"그거 마음에 드는데. 하지만 이해가 안 돼."

척! 끽!

"젤리처럼 뭘 돌린단 말이지? 진짜 젤리로 만든 건가? 끈적거리고 달콤한?"

척! 끽!

"아, 또 하나 아는 게 있지."

굵은 조지아주 억양으로 말한 남자가 목청을 가다듬더

니 쉿소리로 노래를 시작한다.

> 오, 위대하신 요크 공작님,
> 그분은 십만 부대를 거느리셨지!
> 그들을 언덕 꼭대기로 행진시켰네.
> 부대가 올라가고, 또 올라가더니
> 내려오고 또 내려왔네.
> 그러다 중간쯤 있으니
> 위도 아래도 아니었네!

남자가 다시 웃자 시큼한 냄새가 훅 느껴진다.

"그건 '우리'가 잘 알지. 위로, 아래로. 위로, 아래로. 하지만 젤리라니?"

척! 척! 끽! 끽!

이유는 알 수 없지만 남자가 뭘 하는지 보고 싶다. 너무 가까이 다가가지 않으면서 옆으로 살그머니 가서 그의 손을 슬쩍 본다. 크고 튼실하다. 두툼한 엄지로 은색 식칼의 나무 손잡이를 감싸 쥐고 피 묻은 식탁에서 고기를 자르고 있다. 다만, 남자가 고기를 한 조각씩 잘라 낼 때마다 생기는 작은 구멍이 알고 보니 입이다. 그 입이 끽끽거린다.

척! 식칼이 내리친다.

끽! 고기가 소리 낸다.

내가 혐오감에 뒷걸음질 치자 남자가 돌아서서 나를 본다.

등짝만큼 온몸이 크고 우람하고 탄탄한 남자다. 그가 식칼을 허리춤에 차자 반대편에도 똑같은 칼이 매달려 있는 것이 보인다. 남자는 면도한 얼굴로 지나치게 벙글 웃어 보이더니 흰 앞치마에 피를 닦고 손을 내민다.

그러나 내가 악수를 하지 않는 것을 깨닫고 손을 내린다.

"음, 드디어 만났군, 마리즈."

내 이름이 튀어나온 게 의외라 나는 찡그린다.

"날 알아?"

남자가 더 크게 웃는다.

"아, 오랫동안 널 지켜봤어, 마리즈. 아주 오래."

"그럼 누구지? 내 꿈을 가지고 장난치는 악령이라도 되나?"

남자는 회색 눈을 찡긋한다.

"우린 땅끝의 폭풍이야. 하지만 클라이드라고 불러도 돼. 도살자 클라이드. 우리가 제대로 자기 소개를 한 줄 알았는데. 네가 이 멋진 공간에 우리가 슬그머니 들어오도록 둔 걸 보고."

폭풍. 진 할머니의 말장난이 떠오른다. 폭풍이 불 게다.

"그럼, 이제 슬그머니 나가도 돼."

내가 잘라 말한다.

남자가 배 속에서부터 우러나오는 소리로 껄껄 웃는다. 그 앞치마 밑에서 위장이 움직인 게 분명하다.

"우린 춤을 꼭 춰야 하거든, 마리즈. 다음에는 검을 가져와, 알겠지? 걱정 마. 음악은 우리가 가져올 테니까."

남자가 팔을 내밀더니 노래를 다시 시작한다.

"오, 위대하신 요크 공작님. 그분은 십만 부대를 거느리셨지……!"

이윽고 남자의 살갗에 작은 구멍들이 생겨난다. 팔의 털난 곳에도, 목에도, 둥근 얼굴에도 온통. 그것이 입이라는 사실을 알고 나는 부르르 떤다. 작은 입 안의 붉은 잇몸에 조그맣고 뾰족뾰족한 이가 보인다. 그 입들도 하나가 되어 남자와 함께 노래하기 시작하자 평생 처음 듣는 지독한 합창이 된다. 화음도 리듬도 없이 백 가지 목소리가 부딪히는 소리다.

부대가 올라가고, 또 올라가더니
내려오고 또 내려왔네.
그러다 중간쯤 있으니
위도 아래도 아니었네!

나는 귀를 막는다. 이 소리를 무엇이라 불러야 할지 모르겠지만, 감히 음악이라 할 수 없는 것에 귀가 아프니까! 나는 필사적으로 검을 부르려 하지만 집중을 할 수 없다. 모든 것이 제자리를 벗어나고 온 세상이 빙빙 도는 것 같아 나는 휘청거리면서 균형을 잡아 본다. 남자는 거기 서서 웃으며 노래할 뿐이고, 작은 입들도 모두 함께 웃으며 노래한다. 남자의 손이 앞치마를 잡아 뜯고 셔츠를 찢는다. 허연 배의 살갗이 물결치더니 벗겨져 텅 빈 구덩이를 드러낸다. 아니, 텅 빈 것이 아니다. 또 하나의 입이다. 나를 통째로 잡아먹을 만큼 큰 입! 손가락만큼 길고 날카로운 이빨과 날름거리는 붉은 혀가 보인다!

"아직도 춤을 추고 싶단다, 마리즈!"

그 입이 으르렁거린다.

남자가 내게 달려들고 나는 주먹을 휘두르지만 팔이 남자의 가슴에 파묻히고 만다. 남자의 온몸이, 옷가지며 모든 게 새카만 액체로 변해 흘러내린다. 입들은 여전히 쉭쉭거리며 여닫힌다.

발로 걷어차자 다리가 그에게 파묻혀 꼼짝할 수 없다.

타르 아기가 토끼 형제를 붙잡은 것 같네! 오빠가 울부짖는다.

도살자 클라이드가 웃자 혀가 리본처럼 날아와 내 허리를 휘감는다. 구역질 나는 살덩어리를 떼어 내려고 하지만, 어찌나 힘이 센지 나를 그 무시무시한 입으로 끌어당긴다. 떡 벌리고 기다리는 입 쪽으로.

***

벌떡 일어난 나는 놀라서 숨을 헐떡이며 두려워 떤다! 하지만 온몸을 감싼 혓바닥은 없다. 배에 입이 달린 타르 아기 남자도 없다. 그래도 끔찍한 노랫소리가 여전히 귀에 울린다. 소리가 사라질 때까지 주위에 있는 것들에 집중한다.

세이디의 목소리가 들린다. 옆방에서 레스터와 요란하기 짝이 없는데, 둘 중 누가 더 시끄러운지 알 수 없다. 욕설을 쏟아놓는 건 세이디지만 신음 소리는 레스터가 다 내는 게 분명하다.

어디선가 셰프도 앓는 소리를 내고, 베시가 괜찮다고 속삭이고 있다. 셰프는 가끔 이런다. 죽은 사람들에게 사과하다가 흐느끼며 깨어난다. 전쟁의 한 조각이 셰프에게 돌아오는 것처럼. 이따금 나는 오빠가 그 전쟁에 나갔다면 무엇을 가지고 돌아왔을까 생각하곤 한다.

그들 말고는 조지아주에서 밤에 우는 매미 소리밖에 들리지 않는다. 여인숙 술집은 문을 닫고 하룻밤 머물 방이나 혼자만의 시간을 원하는 사람만 남았다는 뜻이다. 나는 뒤로 돌아 태어난 날처럼 벌거벗고서 개구리 털처럼 섬세한 모습으로 누워 있는 마이클 조지에게 눈길을 돌린다. 몸을 당겨 그의 목덜미에 코를 파묻고 몸에 밴 시가 연기 냄새를 맡는다. 그는 아바나[25]에서 시가 피우는 습관이 들었다. 우리 둘은 마치고 함께 앉아 시가를 나누어 피우며 이야기하기를 좋아한다. 뭐, 이야기는 주로 마이클 조지가 한다. 그렇다고 그에게 궁금한 게 없는 건 아니다. 그저 그가 내게 묻고 싶은 것이 백 가지는 될 뿐이다. 나는 아무것도 답할 마음이 없다. 밀주 판매 외에는 할 이야기가 없다. 마이클 조지는 괴물을 볼 줄 모른다. 그리고 괴물 사냥은 말로 설명하기가 어렵다. 마이클 조지는 내가 입을 다무는 걸 보고 내 과거나 가족에 대해 묻지 않는다. 말로 할 수 없는 일들이 있는 법이다.

게다가 나는 마이클 조지가 들려주는 백사장과 연푸른 빛 바다가 있는 먼 곳 이야기가 더 좋다. 그는 툴룸이란 곳 이야기를 해 준다. 그 바다에 밤이 되면 별이 너무 많아 바

---

25 쿠바의 수도.

다에 떨어질 것 같다고 한다. 나를 거기 데려가고 싶다고 한다. 우리 둘이서 배를 구해 온 세상을 항해할 수 있다고. 이따금 나는 그러면 어떨까 상상해 본다. 쿠 클럭스도 싸움도 없는, 그와 나와 바다뿐인 곳에서 산다면. 자유란 그런 거겠지.

갑작스러운 불빛에 나는 상념에서 벗어난다. 일어나서 구석에 세워 둔, 빛나는 검을 찾는다. 내가 부르지 않았으니, 검이 여기 나타났다는 건 내가 필요하다는 뜻이다. 자유를 꿈꾸는 건 그만. 마이클 조지에게서 몸을 떼어 내니, 그는 뒤척이긴 하지만 깨어나진 않는다. 그의 상의를 집어 걸치고 침대에서 뛰어내려 검에 다가가 자루를 쥐는데……순간 그 방이 멀어져서 휘청이고 만다. 현기증을 떨쳐 내고 주위를 돌아본다. 새파란 하늘 아래 초록 들판에 서 있는데, 태양이 없다.

하지만 이건 꿈이 아니다. 그리고 나는 혼자가 아니다.

여자 셋이 있다. 나이가 많은 둘은 여태 본 것 중 가장 큰 남부의 붉은 참나무 아래 흰 테이블을 두고 등받이가 높은 화려한 의자에 앉아 있다. 둘 다 아주머니처럼 모든 걸 다 안다는 표정을 짓고 있어서 나는 그렇게 부른다. 세 번째 여자는 밧줄로 참나무에 맨 그네에 앉아 타고 있다.

얼굴은 내 동생이라 해도 될 정도로 어려 보이지만, 분명이 여자도 아주머니다. 셋은 모두 레이스를 달고 자수를 놓은 샛노란 원피스에 알록달록하고 챙이 넓은 모자를 쓰고 있다. 테이블에 앉은 한 명이 유리 주전자를 젓다가 고개를 든다.

"마리즈!"

통통한 갈색 뺨이 올라가며 마치 가장 사랑하는 조카라는 양 미소를 짓더니, 일어나 나를 끌어안고 등을 쓰다듬는다.

"눈이 번쩍 뜨이도록 반갑구나. 어서 와서 앉으렴!"

"안녕하세요, 온딘 아주머니."

나는 테이블에 앉은 다른 이에게도 공손히 고개 숙여 인사한다.

"마거릿 아주머니."

바느질감에서 시선을 든 마거릿 아주머니는 좁다란 얼굴을 찡그리면서 밝은 분홍색 모자를 숙인다.

"여기까지 오는 데 참 오래도 걸렸구나."

시선이 나를 위아래로 훑어본다.

"살쪘니?"

나는 미소를 지으며 이를 간다. 마거릿 아주머니는 그런

류의 아주머니다.

온딘 아주머니가 자주색 모자를 장식한 금빛 깃털을 쓰다듬으며 힘주어 말한다.

"아이고, 마리즈 보기 딱 좋은데. 마거릿 아주머니 말은 신경 쓰지 마라. 오늘 좀 기분이 안 좋아. 자, 아이스티 좀 마시렴."

이분은 늘 기분이 안 좋죠. 나는 이렇게 생각하며 찻잔을 받는다. 얼음을 젓고 마시는데 레몬 조각이 코끝을 건드린다. 마셔 본 것 중 최고의 아이스티다. 누군가가 설탕과 햇빛과 영양분을 섞어 놓은 것 같다. 하지만 문제는 이게 진짜가 아니란 사실이다. 이 모든 것이 그렇다. 밟고 있는 풀도, 그늘을 만드는 커다란 참나무도, 저 위 파란 하늘조차도. 몰리가 이야기하던 저승 세계? 이곳이 그런 곳 같다. 온딘 아주머니가 말하길 이곳의 모습은 내게 익숙한 느낌을 주기 위한 것이라고 한다.

이 셋도 사람이 아니다. 일요일 교회에 모인 아주머니들처럼 생겼어도 마찬가지다. 우선 이들에겐 그림자가 없다. 살짝 곁눈질로 보면 모습이 흐릿해진다. 아주 오랫동안 봤더니 셋이 모두 변한 적도 있었다. 여전히 여자 모습이었지만, 날씬하고 어마어마하게 큰 키에 길고 새빨간 가운을 입고 있었다. 얼굴은 진짜 갈색 가죽처럼 보이는 것을 바느질로 이어 만든 가면이었다. 그 밑에 있는 것은…… 음…… 여우가 떠올랐다. 적갈색 털에 뾰족한 귀, 주황색 눈. 이야기에 나오는 여우 형제 같은 모습이다. 어쨌든 내 눈에는 그렇게 보였다!

나는 (사실 아이스티가 아닌) 아이스티를 마시다가 그네를 탄 여자를 향해 말한다.

"안녕하세요, 재딘 아주머니."

여자는 대답 없이 멍한 눈빛으로 그네만 타고 있다.

"아, 정신이 팔려 있네…… 자기 일에."

온딘 아주머니가 사과조로 말한다.

그렇다. 셋 중 재딘 아주머니가 가장 이상한 쪽이고, 그것이 많은 것을 설명해 준다. 재딘 아주머니에게는 시간도 괴상하다. 그녀는 지금과 어제, 내일을 동시에 산다. 그녀가 이럴 때는 어딘가, 혹은 언젠가 다른 곳에 가 있다는 뜻이다.

진 할머니는 이 셋을 조심하라고 경고한다. 유령은 속임수를 쓴다고. 하지만 이들을 보면 어쩐지 엄마가 떠오른다. 내 머리에서 엄마 기억을 뽑아내 그 세 사람으로 만든 것 같다. 아마도 그래서 이들을 좋아하는 모양이다. 잃어버린 것을 떠오르게 하니까. 게다가 내게 검을 준 장본인들이기도 하다.

크고 검은 나뭇잎 검이 테이블에 놓인 채 영혼을 끌어들이는 소리를 낸다. 영혼들이 내 귀에 노랫소리를 속삭인다.

검의 유래를 온딘 아주머니가 이야기해 준 적이 있다. 만든 사람은 아프리카에서 노예를 파는 거물이었는데, 사기를 당해 자신도 팔리는 신세가 되었고 쇠를 잘 다루기 때문에 대장장이가 됐다. 남자는 자신이 거물임을 보여 주던 검과 비슷하게 이 검을 제작했다. 다만, 이 검은 더 큰데다 단순한 의식용이 아니었다. 남자는 검에 마법을 걸어 노예로 팔려 갔다가 죽은 이들을 불러 모으게 했다. 그러고는 죽은 이들에게 노래를 불러 바다 건너로 그들을 판 자의 영혼을 찾도록 하고, 뭇 추장과 왕, 심지어 그 자신까지 철검에 묶어 놓아서 과거에 팔아넘긴 자들에게 봉사하도록 만들었다.

내가 검을 부르면 성난 노예들의 모습이 보인다. 그들의 노래가 검에 묶여 쉬지 못하는 뭇 추장과 왕을 끌어당겨 울부짖게 한다. 잠든 신들이 응답하며 깨어날 때까지. 그것이 이 검의 힘이다. 보복하고 참회하게 하는 것. 이 세 아주머니가 검을 갖게 된 과정은 모르나, 그들은 검을 다룰 투사가 필요하다고 했다. 그러나 검이 처음 왔을 때, 나는 투사가 아니었다. 겁에 질려 마룻바닥 밑에 숨어 있는 여자아이였을 뿐. 하지만 그 후로 나는 듣는 법을 배웠다. 검의 리듬에 맞추어 움직이는 법을 배웠다.

온딘 아주머니가 말한다.

"이렇게 늦은 시각에 불러서 미안하구나. 네가 네 남자와 육체관계를 마칠 때까지 기다리려 했단다."

마거릿 아주머니가 못마땅한 소리를 낸다.

"참 많이도 삐그덕거리고 앓아 대더군."

얼굴이 뜨거워진다. 사람이 아니다 보니, 이 셋은 가끔해서는 안 될 말을 한다. 내 "육체관계"라든가. 날 지켜보고 있었다는 말까지! 누군가 웃는다. 돌아보니 재딘 아주머니가 챙 넓은 하늘색 모자 아래로 나를 빤히 보고 있다. 멍하던 눈빛이 악마 같은 것으로 바뀌어 있다.

"내 남자가 나한테 그걸 넣었을 때 무릎이 후들거렸어!"

나는 하마터면 아이스티를 뱉을 뻔한다.

재딘 아주머니는 노래로만 말한다고 말했었나? 어디서, 혹은 언제 나온 가사인지 모르겠다. 하지만 무슨 뜻인지는 충분히 알겠다. 태양이 입 맞춘 근사한 빛깔의 피부가 아니었다면, 나는 완벽한 진홍색이 됐을 것이다.

재딘 아주머니가 씩 웃자 살짝 여우 이빨이 보인다.

"그이는 그렇게 그렇게 그렇게 좋았지."

계속 노래가 이어진다.

"그렇게 그렇게 그렇게 좋았어!"

그네에서 뛰어내린 재딘 아주머니는 노란 원피스를 검은 팔다리에 휘날리면서 맨발로 풀을 밟으며 걸어온다. 셋 다 맨발이다. 구두는 생각해 내기 너무 어려운가. 재딘 아주머니는 내 이마에 아주 살짝 입 맞추더니 의자에 앉아 아이스티 잔을 든다.

온딘 아주머니가 이야기를 계속한다.

"어쨌든, 의논할 일이 생겼다. 흉조가 시작됐어."

"적이 모여든다."

날카롭게 마거릿 아주머니가 덧붙인다.

'적'이란 아주머니들이 쿠 클럭스를 가리키는 말이다. 이들이 내게 검을 준 이유는 놈들과 싸우라고 하기 위해서다. 아주머니들이 그 악에 대항해 내놓은 투사가 나다. 문득 꿈이 기억난다.

"그자가 폭풍 이야기를 했어요. 도살자 클라이드란 사람."

내 말에 세 아주머니가 조용해졌다. 그러더니 나를 빤히 본다.

"그 도살자 클라이드란 자가 널 어디라도 해쳤니? 네게 먹을 걸 줬니? 대답해라!"

온딘 아주머니의 강한 어조가 놀랍다.

"아뇨. 잠깐요, 그게 꿈이 아니었어요?"

수를 놓던 마거릿 아주머니가 내게 바늘을 흔들어 보이며 쏘아붙인다.

"아니지! 네가 적을 들였구나, 이것아!"

"네? 아무도 들인 적……."

온딘 아주머니가 내 손을 쓰다듬으며 다시 애정 어린 목소리로 말한다.

"네가 뜻한 일은 아닐 게다, 아가. 놈들이 뚫고 들어오는 거지. 네가 마음속 깊은 곳에 묻어 둔 고민거리를 통해서 말이다. 문을 열어 두는 것과 같아. 그런 것이 생각나니?"

다른 꿈이 기억난다. 예전 집에 돌아간 꿈. 여자아이와 그 애의 경고가.

그들은 우리가 상처 받는 곳을 좋아한다고.

"아뇨."

나는 온딘 아주머니 눈을 보며 대답한다. 거짓말을 제대로 하려면 그렇게 해야만 한다.

재딘 아주머니가 블루스를 부르듯 노래한다.

"고민거리가 있는 아가씨를 알지. 고민거리를 등에 지고 있지. 짊어진 고민거리에 쓰러지고 말 거야. 저렇게 짊어지고 다니다간……"

내가 노려보지만, 재딘 아주머니는 아이스티를 쓰다듬는 데 정신이 팔려 있다.

"음, 다음에는 주의해야지."

온딘 아주머니가 미소를 짓는다.

"무슨 일이 벌어지는 거죠? 진 할머니도 뭔가 느낀대요."

온딘 아주머니도 이번엔 고개를 젓는다.

"알 수 없어. 뭐랄까…… 베일이 생겨나서 커지고 있다."

아주머니가 가리키는 파란 하늘의 검은 조각이 처음 눈에 띈다.

"그러더니 도살자 클라이드라는 자가 나타났구나. 우연일 가능성이 적지."

"그 무엇도 좋지 않아."

마거릿 아주머니가 초조한 표정으로 덧붙인다.

"도살자 클라이드가 쿠 클럭스라고 생각하세요?"

온딘 아주머니의 표정이 구겨진다.

"적에겐 우리가 아는 것보다 수하가 많다."

몰리의 말이 떠오른다.

"쿠 클럭스보다 영리한 자 말인가요?"

"더 영리하고 더 위험하지. 이제 너도 조심해야 한다."

그 말이 오늘 밤에 느낀 좋은 기분을 전부 먹어 치운다.

"누구예요? 쿠 클럭스와 그들을 조종하는 자들은? 정체가 뭐예요?"

온딘 아주머니는 어떻게 대답할까 저울질하는 표정이다. 아주머니들은 항상 저울질하는 것 같다. 내가 한 번 더 물어보려는데 마거릿 아주머니가 입을 연다.

"형제가 있었다. 참말과 거짓말이지. 어느 날 그들이 단검을 하늘에 던지며 놀게 됐다. 그런데 그 단검이 빠르게 휙 떨어지더니 형제의 얼굴을 싹둑 잘라 버린 게다! 참말이 허리를 숙이고 제 얼굴을 찾았다. 하지만 눈이 없으니 보이지 않았어. 거짓말은 약삭빨랐지. 참말의 얼굴을 들고 달아났다! 그래서 거짓말은 참말의 얼굴을 가지고 돌아다니면서 만나는 사람마다 속이게 된 거다."

그러고는 바느질을 멈추고 엄한 눈으로 나를 본다.

"적 말이야, 그들은 거짓말이다. 쉽고 간단하지. 거짓말이 참말인 척 돌아다니는 거잖니."

나는 들으면서 생각한다. 어디가 쉽고 간단하다는 거지?

재딘 아주머니가 노래한다.

"그들의 미소에 속지 마라. 현혹되지도 마라."

"이제 그만 널 보내야겠구나. 벌써 시간이 이렇게 됐어."

온딘 아주머니가 말한다.

그들은 내가 이곳에서 보내는 시간을 정해 둔다. 그사이 내 세상에서는 시간이 흐르지 않는다. 나는 검을 잡고 온딘 아주머니에게 한 번 더 포옹을 받는다.

"우리가 한 말을 명심하렴. 도살자 클라이드란 자를 멀리해라."

"그럴게요."

나는 대답하며 아주머니의 눈을 보는 것을 잊지 않는다.

걸어가는데 등 뒤에서 재딘 아주머니의 목소리가 들려온다.

"악마가 찾아오면 조심하는 게 최고지……. 살피고, 살피고, 또 살펴라, 악마가 어디 있는지!"

4장

나는 메이컨의 체리 스트리트와 3번가 근처에 있다. 지나가는 사람들이 흘끔거린다. 아마 내가 잠옷바지 차림으로 돌아왔기 때문일 것이다. 파랑과 금색 줄무늬 바지를 각반과 옥스퍼드화에 밀어 넣은 채. 아니면 내가 셰프가 프랑스에서 배운 「라 마들롱」이라는 곡을 휘파람으로 불고 있기 때문일지도 모른다. 하지만 가장 큰 이유는 등에 걸머진 검이 아이보리색 상의 위로 비죽 튀어나와 있기 때문일 것이다. 목요일 아침에 쉽게 볼 수 있는 광경은 아니니까.

도살자 클라이드는 찾기 어렵지 않다. 길 건너 가게 바로 위 노란 간판에 그 이름이 신선한 붉은색으로 적혀 있다. '클라이드 신선 정육점.' 내가 든 전단지는 이 가게의 개

점을 알리며 손님에게 무료 고기를 나누어 준다고 한다. 뭐, 백인 손님 말이다. 전단지를 보면 이곳이 클랜 일원의 가게임은 분명하니까. 엉클 샘[26]이 클라이드와 닮은 남자를 끌어안은 그림이 실려 있다. 둘 다 줄줄이 소시지를 들고 있고, 이렇게 적혀 있다. 도덕적인 백인 가족을 위한 유익한 음식.

과연, 허연 가운을 걸친 클랜 넷이 가게 진열창 앞에 서서 꾸준히 늘어나는 손님들을 안내한다. 둘은 내가 아는 쿠 클럭스다. 어느 식당을 오가는 동안 그들의 얼굴이 바뀐다.

진 할머니에게 도살자 클라이드 꿈을 꾸고 아주머니들을 만난 이야기를 했다. 유령을 놓고 불평을 늘어놓더니, 할머니는 그 남자가 자기 예지에 나온 "피처럼 붉은 머리 백인"일 수도 있다고 인정했다. 남자는 고작 일주일 전에 이곳에 와 국립은행 건물 옆에 이 가게를 연 듯하다. 할머니는 거리를 두라고 경고했다. 하지만 하루가 지나자 나는 인내심이 바닥난다. 도살자 클라이드란 자가 내 머릿속에 몰래 들어와 대놓고 협박했다. 그렇지만 나는 이제 겁먹은

---

26 미국을 의인화한 백인 중년 남자의 그림으로 홍보물에 자주 사용되었으며 '엉클 샘'이라는 이름은 군인에게 납품하던 뉴욕의 정육업자 새뮤얼 윌슨에게서 유래했다는 설이 있다.

어린애가 아니다. 나는 괴물을 사냥한다. 놈들이 나를 사냥하는 게 아니다. 그러니 이제는 정말 용감하거나, 아니면 정말 어리석은 일을 할 생각이다.

전차가 지나가기를 기다린 뒤 체리 스트리트를 건너 클라이드 정육점에 곧바로 걸어간다. 내가 줄을 안 서고 앞으로 가자, 먼저 서 있던 백인들이 인상을 쓴다. 내가 클랜들에게 다가오는 것을 보고 정신이 나간 줄 알 것이다. 조그만 백인 하나는 말문이 막힌 표정으로 나를 본다. 나는 그 남자가 입을 열 때까지 기다린다.

"길을 잃었니, 얘야?"

"아니. 클라이드를 만나러 왔어. 그자가 날 알아."

백인들은 뜻밖의 행동을 하는 나를 보고 깜짝 놀란다. 하지만 곧 내가 있어야 마땅할 곳을 알려 줘야겠다고 생각한다. 나는 다른 패를 꺼내, 쿠 클럭스 하나를 본다.

"난 네가 보여. 그 살갗 아래 추악한 모습이."

한쪽 눈 밑을 두드리며 말한다.

쿠 클럭스가 걸치고 있는 남자의 초록 눈동자는 깜빡이지도 않는다. 그는 물통에서 물 마시기를 멈추고, 턱에 물을 흘리면서 다른 쿠 클럭스를 돌아본다. 마치 소리 없이 대화하는 법이 있기라도 한 듯이. 내 도박은 성공한다.

"보내 줘."

쿠 클럭스가 말한다.

인간 클랜 둘이 소리를 지르지만, 나는 누군가 나오느라 연 문으로 쏙 들어선다.

토끼 형제가 악어 형제의 아가리 속으로 걸어 들어가네. 오빠의 목소리가 속삭인다.

실내는 여느 정육점과 비슷하다. 냄새도 그렇다. 신선한 피와 갈라 놓은 살덩이의 냄새다. 하지만 주방에서 구운 고기 냄새도 흘러나온다. 그리고 테이블에 사람들이 앉아 먹고 있다. 사방에 클랜의 포스터가 붙어 있고, 그중 하나는 스톤 산에서 일요일에 상영하는 「국가의 탄생」을 홍보한다. 카운터에서는 하나같이 쿠 클럭스인 자들이 고객에게 갈색 꾸러미를 건넨다. 그리고 그들 뒤에 다름 아닌 도살자 클라이드가 있다.

꿈에서 본 모습과 같다. 건장한 체격의 남자다. 그날 밤처럼 나를 등지고 서서 지독한 소리로 노래를 하며 칼을 휘두른다. 나도 있는 힘껏 크게 휘파람을 불자 그는 하던 일을 멈추고 서서히 돌아선다. 눈이 마주치자 살짝 놀란 기색이 보이지만, 나는 그가 입을 열기를 기다리지 않고 진열장 옆 의자로 걸어가 앉아 아주 태연하게 기댄다. 근처에 앉아 있던 백인 부인과 아들이 나를 보고 입을 딱 벌린다. 나는 그 여자가 먼저 시선을 돌릴 때까지 마주 본다. 등 뒤에서 성난 웅성거림이 들리지만 클라이드가 자르고 말한다.

"형제자매 여러분, 이런 일이 우리 파티에 방해가 되어서야 되겠습니까. 신의 부족한 피조물은 올바른 제자리를 기억하도록 인도받아야죠. 안심하십시오, 제가 이것은 굳게 붙잡겠습니다. 이제 어서 드십시오, 들어요! 주님의 식량으로 배를 채우십시오. 보이지 않는 제국을 강하게 만드십시오!"

나는 도살자 클라이드가 연설하는 동안에는 쳐다보지 않다가 그가 내 맞은편에 앉기에 고개를 돌려 본다. 붉은 머리에 포마드를 번드르르하게 바르고 이번에는 안경을 쓰고 있다. 온몸에 땀 자국이 나 있다. 겨드랑이는 푹 젖었고 면도한 턱에서도 땀이 흘러내린다.

"더운 모양이네. 고향이 어딘지 몰라도 추운 곳인가 봐."

그는 씩 웃으며 느릿느릿 말한다.

"곧 만날 줄 알았다, 마리즈."

"내 이름은 그 입에 올리지 않으면 좋겠어, 클라이드."

"혼자서 여길 오다니 대담하군. 지금 널 살려 준 게 우리란 건 알고 있나?"

그는 바짝 다가와 목소리를 낮춘다.

"한마디면 여기 선한 사람들이 널 갈가리 찢어 놓을 거야. 전봇대에 매달 거라고."

나도 바짝 다가가 씩 웃으며 말한다.

"어째서 내가 혼자라고 생각하지, 클라이드?"

근처 옥상에서 위니의 공이치기를 바짝 당긴 채 대기 중인 세이디를 그가 감지할 수 있는지 모르겠다. 혹은 낡은 패커드에 타고서 수제 폭탄 몇 개를 정육점 창문으로 던질 준비를 하고 있는 셰프도. 아마 감지하는 모양이다. 느긋이 웃고 있는 걸 보면.

"대담하기 짝이 없군."

그의 눈길이 내 어깨 너머로 향한다.

"거기에 더해 검까지."

"가까이서 보겠어?"

나는 등에서 검을 당겨 테이블에 내려놓는다. 우리 가까이 앉은 여자는 꽥 소리를 내며 일어나 아들과 함께 나간다.

도살자 클라이드는 꿈쩍도 안 하고 눈으로 내 검의 검정 금속에 새겨 넣은 세모꼴 문양을 훑더니 나를 다시 본다.

"무대효과는 필요 없다, 마리즈. 협박이나 하려고 여기 찾아온 건 아닐 텐데. 물어볼 것이 있어서 온 거 아닌가. 네 아주머니들이던가? 세 침입자가 대답해 주지 않는 질문

말이다. 그렇지?"

내 얼굴에 적힌 대답에 그는 이를 드러내고 웃는다.

"자, 그럼 물어봐. 알고 싶은 걸 물어보라고. 사실대로 말해 줄 테니."

마거릿 아주머니가 내 귓속에서 흥얼거린다. 그들이 거짓 그 자체다. 하지만 내 입술이 이미 움직이고 있다.

"너는 쿠 클럭스인가?"

도살자 클라이드가 웃는다.

"우리가? 그놈들이라고? 너를 개에 비유하는 거나 같지. 그놈들이 좋아하는 개 말이야. 걱정 마. 여기서 개고기는 안 파니까."

"개라고? 그럼 넌 그들의 주인인가?"

"주인이란 표현은 좀 과한데. 우리는 말하자면……"

그는 두툼한 손가락을 돌리며 단어를 찾는다.

"……관리 부서로 봐야겠지."

"여긴 왜 온 거지?"

"왜라니, 위대한 계획을 실현하러 온 거지, 물론."

"그게 뭔데?"

"영광스러운 우리 종족을 네 세상에 전하는 것. 너희들의 갈등과 분쟁을 종식시키는 것. 너희가 가증스럽도록 무

의미한 존재에서 벗어나게 하는 것. 우린 너희에게 목적을 주려고 노력하지. 우리의 조화로운 동맹에 제대로 함께하게 되면 너희도 알게 될 거다."

"조화로운 동맹? 위대한 백인 인종에게 바치는 이 송가를 그렇게 부르는 건가?"

나는 클랜 포스터 등등을 가리킨다.

"그건 신경 쓰지 마라. 우린 너희 무리에 들어가 우리의 위대한 공동 사업체에 너희를 합병해야 한다."

그의 시선이 가게 손님들에게 향한다.

"저들은 가장 의욕적인 자들일 뿐이다. 속에서부터 먹어 치우기 너무나 쉽지. 몸과 영혼 전부를 말이야. 늘 그랬다."

화가 불쑥 치민다.

"그럼 어째서 저들을 방치해서 우리를 죽이게 하는 거지?"

"아, 우리가 필요한 방향은 알려 줄 수 있지만, 저들의 증오는 스스로 느끼는 거다. 마리즈, 우린 너희 피부색이나 종교에 관심이 없어. 우리에겐 너희 모두 고기일 뿐이다."

그가 목을 돌리자 내가 지켜보는 동안 살갗 전체에 종기가 생겨난다. 얼굴, 팔꿈치, 손가락에도. 종기가 아니다. 작은 입이다. 꿈에서 본 것과 같은. 눈도 돌아가더니 안경 뒤에 붉은 잇몸과 뾰족뾰족한 이빨이 보인다. 모든 혀가 게 걸스레 날름거리기 시작하자, 그제야 나는 그를 보게 된다. 정말로 보게 된다. 이제야 그가 우리라고 하는 까닭이 이해된다. 이건 하나가 아니다. 수십 개로 이뤄진 존재다! 그들이 합쳐진, 인간의 모습으로 꿰매어 놓은 부분이 보인다. 그들은 그의 살갗 밑에서 돌아다닌다. 시체의 구더기처럼. 나는 온몸을 후드드 떨면서 검을 잡고 저 두꺼운 목을 어깨에서 베어 버리는 모습을 상상한다. 그러면 수백 개의 꿈틀거리는 것들이 쏟아져 나올 것이다.

그가 다시 말하자 그 입들도 함께 말한다. 내게만 들리는 쇳소리들이 뒤섞인다.

"가장 중요한 질문은 아직 안 했잖아. 그걸 물어라. 그걸 물어보라고!"

시끄러운 합창에 나는 이를 악문다. 그래도 질문은 한다. "무엇이 오고 있지?"

끔찍한 입들이 입꼬리를 올리며 사악하게 웃는다. 그들이 노래한다.

"위대한 키클롭스가 오고 있다. 그녀가 오면 네 세상은 끝난다."

나는 무슨 말인가 싶어 그를 보기만 한다.

"이 싸움을 계속할 필요가 없다, 마리즈. 우리가 널 지켜보고 있었다고 했잖나. 우리의 위대한 계획 속에 네 자리가 따로 마련되어 있다."

"위대한 계획은 지랄."

내가 내뱉듯이 말한다.

이윽고 웃음을 터뜨리는 그의 배 속 깊은 곳에서 뭔가가 으르렁거린다.

"그런 말을 쓰다니! 네 엄마 아빠가 뭐라고 하겠나?"

그 순간 나는 그 자리에서 검으로 놈을 찔러 버리고 싶다는 충동을 느낀다.

"우리가 사과하지. 네 아픈 곳인 줄 알면서. 봐라, 우린 네 불길을 이용할 수 있다. 우리 말을 끝까지 들어 봐야 한다. 어쨌거나 네 어중이떠중이 친구들, 그리고 파란 병이랑 허약한 마법을 쓰는 저 마녀가 우리와 맞설 수 있을 것 같으냐? 노래와 어머니의 물로 앞으로 닥칠 일을 막을 수 있다고? 네 얼굴을 봐라! 우리가 너희에 대해 모를 것 같으냐? 꼬마야, 네가 무엇과 싸우는지 알고는 있는 건가?"

그가 신호를 하자 나는 긴장한다. 하지만 앞으로 나선 쿠 클럭스는 나를 보지도 않는다. 테이블에 접시를 내려놓을 뿐이다. 내려다보니 고기다. 피가 흐르게 레어로 익힌

것이다. 고기 위에 칼집이 있다. 불쑥 그것이 입처럼 열리더니 날카로운 끼익 소리를 낸다!

고기가 접시를 가로질러 조금씩 다가오자 나는 테이블을 뒤집어엎지 않으려고 가진 인내심을 다 동원한다. 가게 안, 사람들이 식사하는 테이블을 둘러보니 모두가 이 살아 있는 고기를 먹어 치우고 있다. 돼지가 음식 찌꺼기를 먹어 치우듯이 고기를 입에 쑤셔 넣고는 씹고 갈아 배 속으로 밀어 넣는다. 그 광경에 신물이 넘어온다. 포크를 집어 고기를 찔러, 끼익거리고 버둥거리는 그것을 잡아 놓는다.

"언젠가 널 발기발기 찢어 버리겠어."

내가 으르렁거린다.

검을 들어 올린 뒤 테이블에서 벌떡 일어난다. 쿠 클럭스들은 나를 노려보고 있다. 하지만 도살자 클라이드가 고개를 살짝 젓는다. 나는 먹느라 정신없는 사람들을 보고는 이곳에서 벗어나고 싶은 마음에 재빨리 돌아선다. 문에 다가가는 사이, 여러 목소리가 들려온다.

"들러 주니 고마워요. 물론, 알고 있죠. 은혜에 보답해야 한다는 것을. 만나는 걸로 말이에요, 곧."

백 개의 입에서 튀어나오는 웃음소리가 가게에서 나를 뒤쫓는다. 귓전에서 면도날들이 듣기 싫은 합창을 하는 듯하다.

***

"스페이드를 해 버리면 안 되는 이유를 모르겠네."

세이디가 투덜거린다. 세이디는 너무 큰 작업복을 입은 채 위니를 곁에 두고 앉아 있다.

"게다가 독일 게임은 어떻게 아는 거야? 너희 모두 죽이거나 카드 게임을 하러 거기 가 본 거야?"

셰프가 씨익 웃으며 카드를 섞으니 날렵한 카드가 손가락 사이에서 빠르게 움직인다. 우리는 진 할머니 집에 있다. 농장집은 사람들로 북적이고 케로신 등불에 우리의 그림자가 벽에서 커다랗게 깜빡인다. 새 회중시계를 확인한다. 은 대신 황동제다. 11시 30분. 늦은 시각이다.

"우리가 잡은 독일군에게서 배웠지. 열여섯 살이 넘는 애는 없었어. 백인 남자들이 흑인에게는 꼬리가 있고 식인종이라고 가르친 거야. 그래서 우리가 잡은 독일군은 아주 친절하게 굴더라고. 우리한테 카드게임을 가르쳐 주면 잡아먹히지 않을 거라고 생각한 거지."

셰프는 물고 있던 체스터필드 담배를 들어 재를 털고는

어두운 표정을 지었다.

"그러다가 정찰병을 만났는데 그중 하나가 우리 위치를 발설하려고 했어. 놈의 목을 내가 그어야 했지. 멍청한 놈."

"전쟁 이야기 중에서 좀 좋은 건 없어?"

세이디가 묻는다.

에마 크라우스가 의자를 당기더니 밝은 얼굴로 단정한 갈색 원피스 자락을 펼치고 앉아서 갖고 다니는 샷건을 무릎 위에 올린다. 메르켈이라고 부르는 총이다. 총이 에마보다 더 커 보인다.

"마이네 프로이딘 코딜리아(내 친구 코딜리아). 나도 넣어 줘요. 우리 자매들도 이 게임을 했죠. 하지만 난 잘하진 못해요."

셰프가 한쪽 눈썹을 치켜뜬다.

"언제부터 혁명가들이 부르주아 놀이를 즐겼지?"

"오히려 난 카드를 썩 좋아해요! 기술과 우연성이 작용하는 게임! 모든 인간을 평등하게 만드는 게임이죠."

"딜러가 당신에게 불리한 패를 주지 않는다면 말이지."

셰프가 반박한다.

에마는 안경 너머로 내다보며 말한다.

"어머, 코딜리아, 사회주의자처럼 말하는군요."

셰프가 웃음을 터뜨리더니 에마를 자리에 끼워 준다.

세이디가 미리 경고한다.

"모두 내가 계속 게임을 하길 바란다면, 그런 이야기는 이제 그만했으면 좋겠어. 토요일 밤에 여기 들어앉아 지내는 것만으로도 싫은데."

세이디의 얼굴이 부드러워지며 미소를 띤다.

"이야기하기 제일 재미있는 사람이 누군지 알아? 그 레스터란 사람. 정말 희한한 일을 다 알아. 에티오피아의 옛 통치자 이야기를 계속 늘어놔. 여왕들이 통치하는 메로에[27]라는 곳이 있다던데? 상상이 돼? 유색인 여자가 통치를 한다고? 나도 메로에의 좋은 여왕이 될 거라고 봐. 코끼리나 그런 거 타고 뽐내며 돌아다니고."

에마가 의견을 덧붙인다.

"메로에라면 옛 누비아일 거예요. 그곳 왕이 이스라엘을 앗수르에서 구해 냈죠."

"그렇지! 레스터도 그걸 알았을 거야. 그 사람 이야기는 종일 들을 수 있어."

"그렇다고 했잖아. 레스터란 자가 그날 밤에 굉장히 이야기를 잘했나 보군."

---

27 Meroe. 아프리카 북동부 수단 지역의 도시로 고대 쿠시 왕국의 중심지.

그렇게 중얼거린 셰프를 세이디가 노려본다.

"넌 정말 죄 많은 마음을 가졌어, 코딜리아 로렌스."

셰프가 나를 향해 윙크한다.

"같이 할래?"

게임을 말하는 건지, 세이디 놀리기를 말하는 건지 알수 없다. 나는 고개를 젓는다. 한때 오빠에게 친구들과 몰래 하는 카드게임을 가르쳐 달라고 졸랐었다. 오빠는 내게글과 셈, 낚시도 가르쳤지만 카드는 가르치지 않았다. 나는책을 덮고 일어난다.

진 할머니에게 도살자 클라이드와 만난 이야기를 하자할머니는 생선 기름보다 더 뜨겁게 노발대발했다. 늑대 소굴에 걸어 들어가다니 바보라고 했다. 난 쿠 클럭스들이무슨 꿍꿍이인지 알아야 한다고 설득하려 했다. 할머니는계속 화를 냈지만 클라이드가 헤어질 때 한 말에 대해서는 나와 의견이 같았다. 그가 우릴 잡으러 온다는 뜻이다.그러니 우린 대비해야 한다.

윌 아저씨와 샤우터들이 손을 맞잡고 기도하는 곳을 지나친다. 진 할머니가 그들에게 쿠 클럭스가 나돌아 다니니길 떠나기 너무 위험하다고 했다. 도살자 클라이드가 말한 대로 아는 것이 많다면, 그들에 대해서도 분명 알 것이다. 우린 너희를 오랫동안 지켜봤다, 마리즈. 나는 그 말을 머릿속에서 떨쳐 내고 진 할머니가 의자에 앉아 있는 쪽으로 향한다. 그 걸러인 여인과 함께 있는 몰리가 암호로 쓰인 저항군 전보를 읽고 있다.

"'주 전체에 쿠 클럭스들이 활동하고 있다.' 웰스바닛 부인의 공작원이 말하길 클랜들이 그 영화 때문에 스톤 산에 모인다고 해."

"위대한 키클롭스."

둘 다 나를 쳐다본다.

"도살자 클라이드가, 뭔지 몰라도 큰 게 온다고 했어요. 스톤 산은 놈들이 이 모든 상황을 촉발시킨 걸 불러낸 곳이에요. 그 위대한 키클롭스란 것도 거기로 오는 거예요!"

"정부도 분명 이걸 알고 있을 거야!"

우리는 세이디의 그 외침을 무시한다.

몰리가 생각에 잠겨 말한다.

"인디언들이 전에 모이곤 하던 장소가 거기지. 그 산이 여러 세계가 만나는 중심점일지도 몰라. 시몬스가 거길 써서 문을 연 이유도 그런 거지. 어쩌면 그럴 계획일지도 몰라. 그…… 키클롭스란 걸 불러올 계획."

진 할머니가 나를 보더니 숱이 많은 눈썹을 세우며 찌푸린다. 그럼 아직도 화가 난 거다.

"그 유령 여자들이 아무 말도 안 하디?"

나는 고개를 젓는다. 지금쯤이면 온딘 아주머니가 날 부를 줄 알았는데 아직 아무 말도 없다.

"스톤 산에서 무슨 일이 벌어질지 사람들에게 알려야 해요. 그걸 멈춰야 한다고 알려 주세요."

거기에 몰리가 대답한다.

"전보로 오는 내용을 보면 클랜이 수백씩 몰려올 수 있다는데. 얼마나 모일지 아무도 몰라."

"그럼 되는 대로 사람들을 모아요. 우리도 거기 가야 하니까!"

"흥! 우리가 여기서 거길 어떻게 가!"

진 할머니가 씩씩거린다.

"그 말씀이 옳아요."

몰리가 진 할머니의 말에 맞장구치더니 내게 말한다.

"그런 눈으로 보지 마. 누굴 탓하는 건 아냐. 하지만 공격을 예상하고 여기 모였잖아. 여기랑 거기에 동시에 있을 수 없다고."

그들 말이 옳다는 건 나도 안다. 도살자 클라이드가 협박한 후로 우린 여기서 꼼짝 못 하고 있다. 어젯밤, 그저께

밤도 새웠지만 아무 일도 없었다. 이제 이곳은 토요일이 일요일 새벽으로 넘어가는 중이다. 그런데도 여전히 조용하다. 의심이 들기 시작한다. 어쩌면 도살자 클라이드는 나를 따돌릴 목적이었나 보다. 우리가 방해하지 못하게 치워 두고 악행을 저지르려고.

문을 세게 두드리는 소리에 나는 휙 돌며 검을 부를 준비를 한다. 나만이 아니다. 셰프가 칼을 들고 일어선다. 에마는 샷건을 들고, 세이디는 이미 탄환을 윈체스터에 장전하고 조준기를 보고 있다. 하지만 두드리는 소리가 다시 두 번, 그리고 한 번 더 들려온다.

"우리 편이야!"

벌떡 일어선 몰리가 문으로 가서 당겨 연다. 정말로 어깨에 라이플을 멘 몰리의 조수다. 몰리는 그 조수는 총 쏘는 재주가 없지만 젊은 촉토족 여자 둘은 적어도 총을 잘 다룬다고 한다. 이 여자는 챙이 넓은 검정 모자를 쓰고 있다. 시티인 것 같은데, 작은 아이의 목덜미를 잡고 있다. 어머니의 물 포장 일을 돕는 남자아이다.

"클랜이에요! 아버지가 여기까지 달아나라고 했어요. 정말이에요, 클랜이 공격해요!"

아이가 작은 가슴으로 헉헉거린다.

"어디서?"

내가 앞으로 나서며 묻는다.

그 애가 또 한 번 숨을 들이쉬고 내뱉는다.

"프렌치스요!"

주석21

이 들판에서 우리는 죽어야 한다? 음, 그 샤우트는 여러 의미가 있다우. 노예들이 평생 고생하다 죽어 가는 들판이란 뜻도 있고. 혹은 모두가 언젠가는 떠나야 하는 이 세상을 가리키기도 하지. 보이지 않는 아침부터 보이지 않는 밤까지 똑같은 일만 고되게 하면 삶과 죽음, 신의 뜻을 생각하지 않고 뭘 하겠어? 그 위대한 사상가들이 전부 채찍질에 사라졌지. 떠나며 마음속의 비밀을 무덤까지 가져갔다우.

— 헨리에타 데이비스(70세) 씨와의 인터뷰,
에마 크라우스가 걸러어를 옮겨 적음.

5장

낡은 패커드가 메이컨의 시골길을 달리느라 밤중에 엔진이 시끄럽게 덜덜거린다. 내 옆에서 세이디가 담배를 어찌나 세게 씹어 대는지 이가 딱딱거리는 소리가 들린다. 이번만큼은 세이디에게 내 귀에다 대고 씹어 대지 말라는 말을 참는다. 걱정이 되어서 그러는 걸 나도 알기 때문이다. 우리 모두 마찬가지다.

그 소식을 듣고 모두 어리둥절해했다. 공격은 프렌치스가 아니라 우리에게 닥칠 줄 알았는데. 한동안 이러쿵저러쿵 소리치느라 난리였다. 결국 세이디가 라이플을 들고 문으로 향하며 앉아서 소란이나 떨 시간이 없다고 했다. 나와 셰프도 함께 나서고 몰리의 조수들과 에마에게 진 할머니 집을 맡겼다. 멀리서 보이는 것에 우리의 모든 두려움이 현실이 됐다.

프렌치스가 화염에 휩싸였다. 캄캄한 밤에 주황색 불빛이 환히 보인다. 사람들이 좋은 옷을 입은 채 길에서 우리를 지나쳐 달려간다. 토요일 밤이니 술집에 사람들이 가득했을 것이다. 이런 일이 일어나기 가장 나쁜 때다. 나는 긴장된 상태로 사람들의 얼굴을 훑으며 마이클 조지를 찾는다. 하지만 나는 안다. 그 사람은 스스로 짓고 뿌리를 내린 곳을 떠나지 않을 것임을.

셰프는 결국 어쩔 수 없이 패커드를 세운다. 달아나는 사람들을 뚫고 차를 몰 수가 없다. 우리는 차에서 내려 사람들을 헤치고 나아간다. 클랜들이 그곳을 찢어발기고 사람들을 채찍질한단다. 한 사람이 갈가리 찢긴 셔츠와 피가 나는 등을 보여 준다. 또 한 사람은 눈을 희번덕거리며 괴물 이야기를 떠들어 댄다. 쿠 클럭스다. 그 광경이 눈에 선하다. 한참 만에 프렌치스에 도착하자 난장판이 벌어져 있다.

술집의 원래 모습을 찾아보기가 어렵다. 입구는 온통 검게 그을리고 불길이 2층까지 번져 있다. 사람들이 입구로 달려 나오다가 발을 헛디디고 쓰러진다. 그러면 그 자리에 클랜 일당이 기다리고 있다. 모두 흰 로브를 입고 머리에

두건을 써서 눈만 보인다. 그래도 나는 어느 것이 쿠 클럭
스인지 알 수 있다. 더구나 성경을 높이 들고 소리를 질러
대는 덩치는 놓치려야 놓칠 수가 없다.

도살자 클라이드다.

"형제여, 우리 가운데서 악을 밟아 뭉개야 한다! 간음!
음주! 이교도의 음악! 아버지가 자식과 가정을 다스리듯
이, 이 무지한 것들의 제멋대로 행실을 고치는 건 우리 몫
이다. 악한 자들에게 고행을 전달해 올바른 길을 가도록!"

불길에서 달아나려면 그 무리를 가로지를 수밖에 없는
데, 클랜이 달아나는 사람들을 닥치는 대로 채찍질한다. 채
찍이 살갗을 물어뜯는 소리에 내 피가 끓는다. 당장 나서려
는 나를 셰프가 붙잡더니 불타는 술집을 가리킨다.

"아직 저 안에 사람들이 있어!"

창문 쪽으로 눈을 돌리니 불길에 사로잡힌 남녀의 그림
자가 보인다. 그들이 시야에서 사라지자, 더 큰 그림자가 그
뒤를 쫓는다. 쿠 클럭스다!

세이디가 거친 소리를 내며 건물 뒤로 달려간다. 뒤따를
수밖에 없다. 문을 발견했는데 가로대로 막혀 있다. 사람들
이 현관으로 달아나도록 유도하려고 막아 놓은 것이다. 아
니면 안에서 타 죽든지. 그것을 떼어 내자마자 사람들이

쿨럭거리면서 허리를 숙이고 달려 나온다. 우리는 그들이 먼저 나가게 한 뒤 달려 들어간다.

불길과 연기가 가득해 앞이 잘 보이지 않지만 흐릿한 시야 속에서 나는 첫 번째 쿠 클럭스를 발견한다. 지옥불 속에서 완전히 변한 괴물이다. 놈이 벽에 떠밀린 사람들에게 팔을 휘두를 참이다. 나는 더 이상 두고 보지 않는다.

검이 내 부름에 환상과 함께 찾아온다. 생도맹그의 한 여인이 온몸에 불을 붙이며 놀란 프랑스 부대를 향해 전쟁의 노래를 외친다. 쿠바의 한 남자가 칼에 베인 등에 약을 바르며 연인의 비명을 달래는 노래를 한다. 미시시피의 소나무 밀림을 가로질러 비밀 수용소로 달아나는 어머니가 아기를 재우려고 흥얼거린다. 그 어둠 속에는 어린 여자아이도 있어서, 나는 그 애의 두려움이 이빨을 세우기 전에 쳐낸다.

내 손에서 형체를 취한 검을 쥐고 그 날을 쿠 클럭스의 등과 심장이 있는 자리에 휘두르는 순간, 시커먼 연기가 금속이 된다. 몰리의 해부학이 고마울 따름이다. 비틀거리다가 한쪽으로 쓰러진 놈의 목에 검을 찌른다. 내가 구한 사람들은 눈이 휘둥그레진 채 서 있다. 그들에게 보는 능력이 없다면, 내가 몇 인치짜리 쇠붙이를 사람 목에 찌르는 광경만 보일 것이다.

한 명이 더듬으며 말한다.

"싸우려고 했는데. 하지만 힘이…… 기괴할 정도였어요!"

"모두 움직여요! 어서 나가……."

말을 맺기도 전에 뭔가가 내게 부딪힌다. 나는 자빠지며 숨이 턱 막힌다. 겨우 숨을 들이쉬니 이번엔 연기에 목이 막힌다. 눈물 사이로 나를 깔고 앉은 쿠 클럭스가 보인다. 대체 어디서 나타난 걸까? 놈의 아가리가 다가오며 뜨거운 액체가 느껴진다. 내 팔을 물어뜯는 건가? 아니, 내 검이다. 그리고 축축한 건 놈의 침이다. 역겹다.

나는 있는 힘껏 검의 능력을 끌어낸다. 과거 노예를 팔던 왕과 추장들이 잠든 신의 이름을 울부짖자, 검은 잎사귀 칼날이 쿠 클럭스의 아가리 속에서 하얗게 달아오른다. 놈은 비명을 지르며 내게서 떨어져 나가 얼굴을 잡아 뜯는다. 이미 대부분은 구운 고기가 된 얼굴이다. 내가 놈을 끝장내려는데, 총알 하나가 놈의 옆구리에 박힌다. 구석에 몰린 사람들은 움직이지 않다가 비명을 지른다. 두 번째 총알이 눈에 박히며 쿠 클럭스를 쓰러뜨리자 사람들은 더 큰 비명을 지른다.

세이디를 보니 내게 정통으로 위니를 겨냥하고 있다.

"뭐……?"

"엎드려!"

그런 말은 재깍 들어야 한다. 총알이 머리 위로 날아가고 또 비명이 터져 나온다. 고개를 홱 돌리니 다른 방에서 네 발로 달려 나오던 쿠 클럭스 둘이 불길에 휩싸여 있다. 세이디가 방아쇠를 어찌나 빨리 당겨 쏘는지, 제대로 세지도 못한 사이에 상황 종료다. 총알 하나, 셋, 다섯. 죽은 쿠 클럭스가 둘 더 늘어난다.

벽에 몰린 사람들이 비명을 멈춘다. 적어도 둘은 기절했다. 나머지는 아마 목이 쉬었을 것이다. 하지만 그들도 움직이지 않고 벽을 붙잡고 떨기만 한다. 셰프가 다가오더니 그들을 달래 데리고 나간다.

셰프가 다리를 저는 남자를 부축하며 기침하면서 외친다.

"이 사람들 밖으로 나가게 도와줘! 여긴 전부 타서 무너질 거야!"

여자 한 사람을 붙잡는데 비명이 들려온다. 우리 모두 위를 올려다본다. 2층이다. 마이클 조지인가?

"내가 갈게!"

"혼자서?"

세이디가 외친다.

하지만 나는 이미 가고 있다.

계단을 달려 올라가는 것이 불을 뿜는 용의 배 속으로 향하는 느낌이다. 2층은 더 뜨겁고 연기 때문에 앞이 안 보인다. 비명을 따라 복도를 걸어가니 쿠 클럭스가 문에 온 몸을 던지고 있다. 반대편에서는 놈이 문을 두드릴 때마다 비명이 들려온다. 내가 삐익 소리를 내니 괴물이 여섯 눈 이 달린 머리를 내 쪽으로 돌린다. 놈은 괴성을 지르며 내 게 달려들고 나 역시 그쪽으로 향해 내달리다가 무릎을 꿇 고 그 추진력으로 미끄러지며 놈의 아래쪽을 가른다. 나를 지나친 놈이 비틀거리다가 휙 돌아서서 흘러나온 내장에 미끄러져 고꾸라진다. 문에서 다시 비명이 들린다. 문 너머 사람들에게 문을 열라고 외친 나는 문이 채 열리기 전에 욕설을 내뱉는다. 마이클 조지는 아니다. 옷을 반쯤 벗은 남녀가 떨고 있다. 뭘 하던 중인지 빤하다.

"나가야 해요!"

내가 말한다.

그들이 침대와 옷장으로 세운 방어벽을 치우는 게 우선 이다. 내가 복도로 내보내자마자, 두 사람은 쿠 클럭스가 내장에 미끄러진 채 나를 찾아 기어오는 꼴을 보고 비명을 지르기 시작한다. 점입가경이란 심정으로 나는 검을 놈의 해골에 꽂아 넣는다. 그러자 그들은 더 큰 소리를 지른다. 울지 말고 움직이라고 말하는데 유리가 깨지며 무엇이 추락하는 소리가 들린다. 서너 차례 더 들린다. 그러더니 말발굽 소리처럼 무겁게 쿵쿵거리는 소리가 들리고……

방 한곳의 문이 쪼개지며 열리자 쿠 클럭스 셋이 좁은 공간에서 나오려고 싸우고 있다. 문이 더 부서지며 쿠 클럭스도 더 나온다. 망할 것들이 집을 기어올라 꼭대기 창문으로 들어오는 거다! 복도 앞뒤가 놈들로 꽉 찬다. 여덟까지 세다가 멈춘다. 놈들이 눈을 번득이며 내 쪽으로 모두 돌아서는 것을 보면 여기 왜 왔는지 쉽게 알 수 있다. 나는 검을 들어 그것이 노래하게 한다.

그다음 순간, 난리법석이 벌어진다. 부딪히는 이빨, 발톱, 피, 게다가 등 뒤에서 소리를 질러 대는 두 사람. 보기 좋은 싸움은 글렀다. 나는 검으로 넓은 반원을 그리며 괴물들을 멀찌감치 떨어뜨리려고 애쓴다. 하지만 조금만 틈을 주면 괴물이 더 몰려든다. 이런 식으로는 버틸 수 없다. 폐속에 연기와 열기가 차오르면서 기운이 급속도로 빠진다. 쿠 클럭스 한 놈이 내가 홱 돌아 맞서기 직전 나를 두 동강 낼 뻔한다. 이 상황에서 벗어날 방법이 없을까? 그 순간 고함과 윈체스터를 장전하는 반가운 소리가 들린다. 계단 가장자리에 선 세이디는 싸우러 지옥에 온 멜빵바지 차림의 혼혈 천사 같다. 위니를 심판의 검처럼 치켜든 세이디의 얼굴이 불길에 맹렬히 이글거린다.

세이디는 순식간에 쿠 클럭스들을 쏘아 쓰러뜨린다. 자기 앞의 놈들이 아니라, 내 뒤의 놈들을! 총알이 머리를 관통한다. 총알 하나로 둘이 쓰러진다. 그런 광경은 처음이다. 넷을 세기도 전에 내 앞에 길이 생긴다.

"가!"

세이디가 외친다.

나는 세이디를 도우러 나선다. 우리 둘이 등을 맞대고 놈들 전체를 상대할 생각으로. 하지만 세이디는 라이플을 흔들며 다시 외친다.

"이번만큼은 고집 좀 부리지 마! 그 사람들 데리고 나가면 나도 따라갈게!"

그렇다면 좋다. 나는 기겁한 사람들을 붙잡아 밀고 나간다. 달리면서 세이디의 고함을 듣는다.

"잘 들어, 이 허연 검둥이들아! 이제 너희랑 나 그리고 위니의 대결이다!"

성난 고함이 응하기에 돌아보니 마지막 남은 허연 살갗의 쿠 클럭스가 전부 으르렁거리며 세이디를 향해 달려들고 있다. 세이디가 깔깔 웃으며 윈체스터 방아쇠를 당겨 내일이 없는 것처럼 쏘아 대는 모습이 연기 사이로 보인다.

뒤쪽 계단에 닿을 무렵 라이플 사격 소리가 귀에 울려 댄다. 우리는 짙은 연기를 뚫고 달리다가 발이 걸려 서너 번쯤 넘어질 뻔한다. 문을 지나 비틀거리며 나와서 밤공기를 들이마신다. 허리를 숙이고 쿨럭거리고 있으니 셰프가 달려온다. 낯익은 얼굴과 함께다. 레스터. 이마에 베인 상처가 있지만, 무사해 보인다.

내가 쿨럭이며 묻는다.

"마이클 조지는요! 그 사람 봤어요?"

레스터의 얼굴에 괴로운 표정이 떠오른다.

"클랜이 데려갔어요!"

나는 고개를 휙 쳐든다.

"뭐라고요?"

"사람들도 그렇게 말해. 클랜이 사람들을 납치해 갔다고. 대여섯 명쯤. 차에 몰아넣어 갔대."

셰프가 말한다.

마이클 조지가 끌려가며 싸우는 모습이 떠오른다. 하지만 마이클 조지나 다른 사람을 왜 데려간 걸까? 말이 안 된다!

"세이디."

레스터가 정신 나간 얼굴로 말을 잇는다.

"세이디는요?"

내 뒤에 있다고 말하려다 돌아보니 아무도 없다. 순간, 라이플 총성이 들린 지 좀 됐다는 걸 깨닫는다. 불타는 술집에 눈길이 닿자 가슴이 철렁한다. 셰프가 부르는 소리를 무시하고 내달려 맑은 공기를 크게 들이쉰 뒤 연기와 불길 속으로 뛰어든다.

이제 거의 아무것도 보이지 않아 발을 헛디디고 벽에 부딪히며 뒤쪽 계단을 찾는다. 연기 때문에 눈물이 줄줄 흐르고 폐가 타는 것 같다. 하지만 멈출 수 없다. 2층에 올라가서 복도로 들어서 내 앞에 펼쳐진 광경을 멍하니 본다.

사방에 죽은 쿠 클럭스가 널려 있다. 대부분은 재로 변하지만 몇몇은 불이 붙어 기괴한 살덩이가 타는 냄새가 코를 찌른다. 모자로 입과 코를 덮어 연기와 악취를 최대한 막고서 시체를 건너간다. 바닥에 시체가 열둘은 있지만, 세이디는 없다. 이름을 외쳐도 대답이 없기에 아주 잠시 세이디가 다른 길로 나갔을 거라고 생각한다. 그러다 복도 끝에서 라이플의 개머리판이 보인다. 두려움이 내 희망을 먹어 치운다. 거기 다가가 온 힘을 다해 라이플 위에 쓰러진 쿠 클럭스를 치워 낸다.

그 밑에 세이디가 있다.

벽에 등을 기대고 앉아 있다. 그리고⋯⋯ 나는 침을 삼킨다. 세상에, 세이디는 심하게 다친 상태다.

작업복 바지는 갈가리 찢기고 체크 셔츠는 피에 젖었다. 위니를 잡은 팔은 엉망으로 베어 있고 다른 손이 배를 부여잡고 있다. 내가 어깨를 잡으며 이름을 부르자 세이디는 커다란 갈색 눈을 뜨고 나를 바라본다. 하얗게 질린 입술로 세이디가 중얼거린다.

"마리즈. 왜 그렇게 소리를 지르면서 시끄럽게 굴어?"

나는 내가 소리를 지르는지도 몰랐다.

"나랑 위니가 잡은 쿠 클럭스 다 봤어?"

"봤어. 일어날 수 있겠어? 나가야 해!"

세이디가 쿨럭이며 웃는다.

"일어날 수 있냐고? 다리가 아직 있는지도 모르겠어. 감각이 없어. 손에도 감각이 없어. 그리고 너무 추워."

"내가 안고 갈게! 동전 몇 개 정도로 가벼울 거야."

내 농담에 세이디의 입꼬리가 올라가지만 힘겹게 숨을 내쉰다.

"오늘 밤엔 프렌치스를 못 나갈 거 같아."

세이디가 배에서 손을 떼어 내자 나는 놀라 숨이 막힌다. 좍 갈라진 배가 피를 쏟아 내고 있다. 모자를 상처에 누르고 피를 멈추려고 해 본다. 제발, 하느님, 피를 멈추게 해 주세요!

세이디가 힘없이 내 손을 밀어낸다.

"가야 해, 마리즈. 여기서 둘 다 타죽는 건 의미가 없어. 내 장례식이나 잘 치르게 해."

나는 연기에 쿨럭이며 외친다.

"아냐! 장례식 따위 네가 직접 계획하라고!"

하지만 세이디는 내 말을 듣지 못한 것처럼 계속 말한다.

"교회에서 해. 교회에 별로 가진 않았지만, 그래도 교회에서 하고 싶어. 큰 성가대를 부르고. 노래를 많이 해. 레스터가 앞에 서서 눈이 빠져라 울게 해. 아직은 날 잊지 말라고 전해 줘. 레스터가 나를 너무 그리워해서 다음에 만나는 여자 두셋과는 망해야 해. 그리고 너랑 셰프가 날 위해 특별한 걸 해 줘야 해. 내가 좋아할 걸로."

"세이디……."

흐느끼는 나를 보며 세이디가 말한다.

"할아버지는 우리가 죽으면 날개를 다시 얻는다고 했어. 우리가 여기 올 때 백인들이 잘라 간 날개를. 그럼 날아가서 엄마를 볼 수 있겠지. 아니면 아프리카까지 돌아가거나. 레스터가 로마인과 싸운 메로에 여왕 이야기를 해 줬어. 한쪽 눈을 가린 못된 여자랬어. 로마의 석상에서 머리를 잘라 자기 궁전 밑에 묻었대! 대단하지 않아? 내가 아주 멋진 여왕이 될 텐데! 한쪽 눈을 가린 내 모습이 상상되니, 마리즈?"

나는 대답하지 못한다. 세이디가 내 품에서 그대로 죽어 버려서.

꼼짝 않는 그 애 몸을 벽에 기대어 눕히고 머리를 쓸어 땋은 머리가 앞으로 내려오게 한다. 세이디는 그렇게 하는 것을 좋아하니까. 그리고 위니를 끌어안고서 세이디의 이마에 키스하고 작별인사를 건넨다.

나올 때는 뒷문으로 나오지 않는다. 중앙 계단 남은 부분으로 내려간다. 연기와 불길에 신경 쓰지 않는다. 내 속에서 끓어오르는 열기가 그보다 훨씬 더 뜨겁다. 1층에 닿자 달리기 시작한다. 옷자락에 불이 붙은 것 같지만 상관하지 않는다. 현관문을 목표로 밤공기를 향해 날아오른다.

고개를 처음 든 클랜들은 내가 유령처럼 소리를 지르며 하늘을 가르는 모습에 두건 뒤에서 눈을 번득인다. 나는 흥얼거리는 검날을 놈의 두개골에 정통으로 박을 셈이지만, 그는 쿠 클럭스가 아니다. 보통 사람이다. 그리고 나는 진 할머니에게 약속했다. 그래서 놈의 손을 대신 자른다. 놈은 채찍과 함께 날아가는 손을 멍하니 바라보고 나는 놈의 가슴을 걷어차 쓰러뜨린다. 다른 클랜들도 쓰러뜨리며 비명을 듣는다. 세 번째 클랜은 칼날의 넓은 면으로 얼굴을 한 번, 두 번 친다. 이가 부러지는 소리가 후련하게 들려오고, 허연 두건이 피로 물들 때까지. 하지만 내가 원하는 건 그들이 아니다. 내 속의 분노는 무언가 죽여야만 한다. 사람이 아닌 것을.

쿠 클럭스가 서넛 드디어 등장한다. 그들을 향해 변하라고 외친다. 괴물인 그들을 죽이고 싶다. 하지만 그들은 뒷걸음질 친다. 클랜들도 뒤따른다. 한참 만에 하나가 나선다. 덩치가 크고 떡 벌어진 놈이다. 도살자 클라이드다.

"마리즈. 곧 다시 만날 거라고 했지."

"널 죽일 거다."

"어이, 마리즈. 그렇게 화난 건 처음 보는군."

두건 뒤의 눈이 나를 읽는다.

"흠. 상실이 있군. 친구가 불운한 일을 당했나. 키 큰 친구? 아니? 오오, 성미가 불같은 것! 라이플을 갖고 다니는! 귀여운 세이디?"

더러운 입에서 세이디의 이름이 나오자마자 나는 달려든다. 머릿속에서 복수심에 들끓는 노예들의 영혼이 고함을 친다. 나는 검을 휘두르는 손으로 그 노예들의 분노를 느끼며 그의 머리통을 잘라 버리고 싶다. 하지만 놈은 예상보다 빠르게 물러나고, 금속에 부딪힌 검이 챙 소리를 내며 내 팔을 울려 댄다. 식칼이다. 다시 덤벼 봤지만 또다시 식칼에 막힌다. 놈은 양손에 식칼을 들고 내가 내리치는 검을 매번 막아 낸다.

나는 짜증이 나서 물러나 숨을 고른다. 놈이 껄껄 웃는다.

"이미 말하지 않았나. 우린 쉽게 쓰러뜨리는 개가 아니라고. 넌 그 장난감이 있어서 훨씬 낫구나, 그건 인정한다. 멤피스 근처의 그날 밤보다 나아."

그 말에 신경이 곤두선다. 두건 아래서 씩 웃는 그놈의 얼굴이 떠오른다.

"정말로 네가 어디 숨었는지 우리가 몰랐을 것 같나? 마룻바닥, 컴컴한 데 숨어서 덜덜 떨고 있었지. 당연히 알았다. 하지만 네가 지금처럼 되어야 했어. 널 두려움으로 채워야 했지. 분노로. 그래서 헛간에 작은 선물을 남겨 둔 거다."

내 속에 꼭 잡아 둔 것이 터져 나온다. 내가 이제 인간이 아닌 것처럼 으르렁거리며 휘두르는 검에서 흘러나오는 새하얗고 뜨거운 분노가 놈의 식칼과 부딪혀 불똥을 일으킨다. 놈을 죽이기만 할 것이 아니라, 완전히 끝장내어 아무것도 남기지 않고 싶다. 귓전에서 노래가 쩌렁쩌렁 울리며 맥박과 함께 고동친다. 잠시 놈을 잡았다고 생각하는데, 놈이 노래를 시작한다.

입에서, 얼굴에 있는 입에서 나오는 소리가 아니다. 다른 입들, 놈의 로브 밑에서 온통 벌린 작은 입들이 화음도 정해진 패턴도 없는 합창을 한다. 꿈속에서처럼 그 소리는 아프다. 날카로운 것처럼 소리가 나를 베고 내 리듬을 뒤튼다. 나는 박자가 어긋나며 비틀거리고 내 노래는 손안에서 힘없이 흔들린다. 노래를 잡으려고 하지만, 빠져나가 사라진다.

도살자 클라이드의 노래가 귓속에 쏟아져 들어오니 나는 발을 헛디딘다. 검이 엉뚱한 곳으로 간다. 균형도 못 잡아 내 발에 걸려 비틀거리고 무릎을 꿇고는 두 개의 식칼이 은빛을 번득이며 하강할 때 내 검을 치켜든다. 검과 식칼이 부딪히자 충격이 가해지며 온몸에 통증이 내달린다. 어안이 벙벙해 지켜보는 가운데, 내 검이 이 끔찍한 노래 때문에 구부러지는 듯하더니, 푸스스 산산조각 난다.

내 머리는 방금 일어난 일을 받아들이지 못한다. 부서진 검의 금속 조각이 나를 에워싸고 연기로 변하면서 손이 비는데도. 검을, 노래와 환영을 부른다. 하지만 들리는 건 허공을 채우는 도살자 클라이드의 끔찍한 불협화음뿐이다. 그는 식칼 끝을 내 턱 아래 밀어 넣어 이빨로 가득한 입으로 변하는 두 눈을 보게 한다.

그 입들이 곧바로 말한다.

"이것 말고 다른 끝은 없다. 증오는 우리의 영역이야. 그 간섭쟁이 아줌마들이 네가 그 검을 휘두를 투사로 선택받은 이유를 알려 주지 않았나? 네 머릿속에 투사가 될 거라는 이야기만 채웠어? 우리에 대해선 마음대로 생각해라. 적어도 우린 네게 진실을 말하니까. 우리가 제안을 하고 싶다고 했다, 마리즈. 네가 무엇보다 원하는 걸 주겠다고. 생사를 좌우하는 힘을."

"지옥에나 가! 네겐 내가 원하는 게 없어!"

놈은 고개를 저으며 두건을 벗는다.

"좀 더 고분고분하게 만들어야겠군."

놈이 두툼한 혀를 내밀어 손가락 사이에서 꿈틀거리는 조각을 빼낸다. 등 뒤에서 쿠 클럭스가 내 머리를 잡아 입을 벌리게 한다. 나는 그 괴기스러운 고깃덩어리가 꿈틀거리며 다가와 내 입술에 닿고 안으로 들어오려고 하는 광경을 지켜본다. 무슨 이유인지, 떠오르는 건 오빠의 이야기뿐이다. 토끼 형제가 여우 형제에게 잡혀 속임수로 벗어나려던 이야기.

어서 날 굽든가 가죽을 벗겨요. 다만 저 들장미 꽃밭에 던지지만 말아요!

날카로운 휘파람 소리가 커진다. 도살자 클라이드가 돌아서고, 나도 그가 보는 쪽으로 고개를 돌린다. 셰프다! 셰프가 한 손에 다이너마이트를 다른 손에 라이터를 들고 있다.

"대체 네 정체가 뭔지 모르지만 걜 놓아줘야겠어. 안 그러면 극단적인 짓을 할지도 몰라. 못생긴 네놈들을 전부 저세상으로 보낼 만한 폭약과 은이 있어. 내 말 믿는 게 좋을 거다."

도살자 클라이드는 셰프를 노려보더니 신호를 한다. 붙잡았던 손이 떨어지자 나는 일어나 셰프에게 휘청거리며 다가가고, 셰프는 나를 붙잡는다. 함께 물러나려는 순간, 셰프가 허리를 숙이더니 내게 속삭인다.

"다이너마이트는 더 없어! 은도! 뛰어!"

우리는 달린다. 나는 쫓기는지 확인하러 한번 돌아본다. 하지만 클랜과 쿠 클럭스는 거기 서 있다. 도살자 클라이드와 눈이 마주친다.

"우릴 보러 와라, 마리즈! 어딘지 알잖나! 말했다. 네가 원하는 게 우리에게 있다! 네가 무엇보다 원하는 것이!"

6장

진 할머니의 농장집은 무덤 같다. 한 시간 전에 돌아왔
다. 할머니는 우리가 전한 소식에 괴로워했다. 할머니는 의
자에 앉아 얼굴을 감싸고 있고, 몰리는 위로하려고 한다.
셰프는 에마와 손을 잡고 식탁에 앉아 있다. 나머지 샤우
터들은 구슬픈 노래를 부르고 스틱맨은 느린 장례 행진의
박자를 두드린다.

나는 달빛 속에서 걷는다, 나는 별빛 아래서 걷는다,
이 시신을 눕히려고.
나는 묘지에서 걷겠다, 나는 묘지 사이를 걷겠다,
이 시신을 눕히려고.

그들의 음성은 깊은 울음소리처럼 그곳을 그 힘으로 채운다. 하지만 아무것도 실감 나지 않는다.

세이디가. 죽다니. 어떻게 이게 현실일 수 있을까?

바로 몇 시간 전에 우리는 이곳에서 세이디의 불평을 듣고 있었다. 이제 그 애는 떠나고 없다. 술집 안에서 타 버렸다. 나는 저벅저벅 걸어 다니며 주먹을 쥔다. 손톱이 파고들어 아프도록. 적어도 그 아픔은 현실처럼 느껴진다.

"어떻게 하지?"

무슨 말이라도 해야 해서 내가 묻는다. 안 그러면 비명을 지를 거 같아서.

모두가 나를 본다. 샤우터들도 조용해진다.

"뭘 해?"

한참 침묵이 흐른 뒤 몰리가 묻는다.

나는 정신 나간 사람을 보듯이 몰리를 빤히 본다.

"쿠 클럭스는 여전히 주술을 걸 거라고요! 위대한 키클롭스는 여전히 오고 있어요!"

"우리가 할 수 있는 일이 뭔지 모르겠네. 수적으로 상대가 안 되고……."

"그럼 애틀랜타에 소식을 전해 올 수 있는 사람들을 불러요!"

몰리는 회의적인 표정을 짓고 나는 마이클 조지를 떠올린다.

"놈들이 잡아간 사람들은요?"

그 말을 듣고 에마가 끼든다.

"그 의식을 위해서 잡아간 것 같아요. 전에도 그런 거 때문에 피를 흘렸으니까."

"그럼 놈들을 놔둘 건가요?"

내 물음에 몰리가 이마를 찌푸린다.

"덫으로 걸어 들어가는 걸 수도 있어."

"코딜리아가 말하길, 당신이 검을 잃었다던데요?"

에마의 이 말에 몰리의 눈썹이 올라가고 진 할머니가 내쪽으로 고개를 홱 돌린다. 나는 셰프를 노려보지만, 셰프는 고개를 숙이고 있을 뿐이다.

"세이디를 그렇게 잃고 났으니, 우리 전력이 부족해."

나는 고개를 젓는다.

"방법을 찾을 거야. 셰프. 네가 폭탄을 만들어서 그 산을 터뜨려 버려!"

"사람들도?"

진 할머니가 묻는다.

몰리가 덧붙인다.

"게다가 여자와 아이도 있어. 이제 여자와 아이도 의식에 부르니까."

"전부 다요! 사람이든 괴물이든 상관없어요! 모조리 남김없이 터뜨려 버려! 한 짓에 대가를 치르게!"

모두 다시 조용해지고 요란한 맥박 소리가 귀를 채우고 나서야 내가 고함을 지른다는 사실을 깨닫는다.

"그런다고 세이디가 돌아오지는 않아."

셰프가 나직이 말하며 충혈되고 젖은 눈으로 나를 올려다본다. 말을 하려고 애쓰지만 분노가 혀를 옭아매는 느낌이다.

"너 진정하려무나. 그러다간 다 타서 없어진다."

진 할머니의 말이 옳다. 살갗에 불이 붙은 느낌이다. 살갗을 찢어 버리고 싶다. 돌아서서 현관문을 걸어 나간다. 셰프가 부르지만 이미 뽕나무가 자라는 마당으로 나선 뒤다. 머릿속에 말벌집이 있는 것처럼 시끄럽다. 도살자 클라이드의 끔찍한 노랫소리가 내 머릿속으로 기어들어 온 것 같다. 더 괴로운 건 내 속을 갉아먹는 죄책감이다. 내가 이 모든 일을 일으켰다는 속삭임. 세이디의 죽음이 내 탓이라는 속삭임. 밤하늘을 보며 참고 있던 비명을 내지르고 고함치기 시작한다.

"무슨 속셈이죠? 검을 줬다가 빼앗고? 내 걸 다 앗아 가는 속셈이 뭐냐고요?"

몰리의 조수들이 집 앞에서 보초를 서다가 쳐다본다. 하지만 나는 개의치 않는다.

"내가 투사라면 도와줘요! 어떻게 해야 하는지 알려 달라고! 젠장, 대답 좀 해 봐요!"

화가 나서 나무를 걷어차다가 발을 헛디뎌 나자빠진다. 어딘가 다른 곳으로.

비틀거리며 일어나 어지러워 휘청거린다. 태양 없던 파란 하늘이 번개가 이리저리 춤추는 성난 주황빛으로 변해 있다. 커다란 참나무에는 잎이 사라지고 헐벗은 가지에 기다란 검은 천이 걸린 채 내겐 느껴지지 않는 바람에 나부낀다. 온딘 아주머니, 마거릿 아주머니, 재딘 아주머니가 모두 검은 드레스와 챙이 넓은 검은 모자를 쓰고 있다. 그들 사이에 검은 식탁이 놓여 있다. 이번에는 음료도 음식도 없이, 검은 천 한 뭉치만 놓여 있다.

내가 재딘 아주머니에게 묻는다.

"알았어요? 무슨 일이 벌어질지 알았느냐고요? 알았어요?"

재딘 아주머니가 달려 나와 나를 품에 안는다. 내가 버둥거리지만 아주머니는 꼭 끌어안고 샤우터들과 같은 애도의 노래를 부른다.

나는 무덤에 누워 양팔을 뻗고서
이 시신을 눕힐 것이다.
그러면 그날 내 영혼과 네 영혼이 만날 것이다.
내가 이 몸을 눕힐 때면.

이유는 알 수 없지만 아주머니의 입술에서 흘러나오는 노래에, 오늘 밤 내가 억누르고 있던 모든 감정이 쏟아져 나온다. 나는 아주머니에게 안겨 칠 년간 참았던 아픈 울음을 토해 낸다. 그날 밤 이후로 참았던……

그 자리에 누워 흐느끼다가 겨우 진정하고 나서 아주머니들을 올려다본다.

"아주머니들이 필요했는데 거기 없었어요."

온딘 아주머니가 성난 하늘을 본다.

"베일이…… 커졌어."

"적이 우리를 네 세상에서 잘라 냈다."

마거릿 아주머니가 중얼거린다.

"그럼 전 여기 어떻게 온 거예요?"

"네가 몹시 원했으니까. 그걸로 될 때가 있거든."

온딘 아주머니가 답한다.

그때 기억이 난다.

"제 검은……."

온딘 아주머니가 어이없는 표정을 짓고 모두 식탁 위의 꾸러미를 본다. 나는 온딘 아주머니의 품에서 벗어나 검은 천에 싸인 내 검을 찾으러 다가간다. 검은 나뭇잎 검이 조각나 있고, 은빛 자루에는 삐죽삐죽한 끄트머리만 남아 있다. 나는 검 조각을 쓰다듬는다. 노래가 들리지 않는다. 아무것도 들리지 않는다.

온딘 아주머니가 설명한다.

"부서졌을 때 여기로 돌아왔다."

"고칠 수 있어요?"

마거릿 아주머니가 쑵 소리를 낸다.

"너 말고는 아무도 못 해."

늘 그렇듯이 무슨 소린지 알 수가 없다. 하지만 의논할 일이 또 있다. 도살자 클라이드와 대결한 것, 그가 온다고 한 것을 이야기한다.

재딘 아주머니가 음울하게 중얼거린다.

"흉조야."

"그 위대한 키클롭스란 거 말이다."

그 이름을 말하는 온딘 아주머니의 입술이 일그러진다.

"적의 화신이다. 형체를 얻은 것이지. 네 세계에선 그게 무슨 의미인지 두렵구나."

"끝장이란 뜻이겠지."

마거릿 아주머니가 씨근거린다.

"도살자 클라이드 말로는 그 정도가 아니에요. 그자와 쿠 클럭스가 칠 년 전에도 절 찾으러 왔다고 했어요. 놈들이 바로……."

나머지는 입에 담을 수가 없다.

세 아주머니가 서로 눈짓을 주고받더니 천천히 온딘 아주머니가 끄덕인다.

아주머니의 대답에 망치에 맞은 느낌이다.

"그럼 놈들이 한 짓이 전부 절 원하기 때문이라고요? 어째서 절 투사로 택한 거예요?"

또 눈짓을 주고받는 아주머니들을 보며 나는 고함치지 않으려고 꾹 참는다.

"네가 그들의 것이 되는 일을 막기 위해서지."

한참 만에 온딘 아주머니가 대답한다.

나는 휘청거리며 뒷걸음질 친다.

"말이 안 되잖아요!"

"놈들은 그날 밤에 널 죽이러 온 게 아니다. 네 몸을 죽이러 온 게 아니야."

"적에게 내려온 예언이 있다. 우리 투사를 훔치라는. 투사를 제 것으로 만들라는."

"우린 그들이 널 데려가는 걸 막았다. 그들의 계획을 막으려고. 하지만 우리도 모르는 사이에 그들이 원하는 대로 한 것 같구나."

그렇게 말한 온딘 아주머니는 부서진 검을 본다.

"이 검은 복수의 무기다. 이걸 휘두르는 자는 자기 분노와 고통을 거기 쏟아 넣어야 하지. 우리는 그러면 네 고통이 사라질 거라고 생각했다. 하지만 그 상처는 더 커지기만 하고 널 살인자로 만들었구나."

"이건 검이라고요. 이걸 받았는데 제가 살인자 아니면 뭐가 되겠어요?"

온딘 아주머니가 근엄한 눈빛으로 나를 본다.

"머잖아 적이 제안을 할 게다. 네 선택이 네 세상의 운명을 결정할 게야."

내가 아주머니를 노려보며 미쳤냐고 말하려는 순간, 머릿속에 도살자 클라이드의 말이 떠오른다. 우리가 제안을 하고 싶다고 했다, 마리즈. 네가 무엇보다 원하는 걸 주겠다고. 생사를 좌우하는 힘을. 나는 고개를 젓는다.

"놈들이 뭘 제안한다고 제가 그쪽 편을 들겠어요? 제 친구들을 죽였는데! 저처럼 생긴 사람들을 죽이고!"

"알 수 없는 노릇이지. 적이 그걸 베일로 가리고 있으니……."

"하지만 넌 그걸 이미 여러 번 받아들였어."

마거릿 아주머니가 껴든다.

무슨 말이냐고 물을 수조차 없다.

온딘 아주머니가 말한다.

"재딘 아주머니가 현재와 과거, 미래를 인지할 수 있는 걸 알지? 하지만 그것만이 아니다. 재딘 아주머니는 여러 미래를 인지할 수 있다."

정말 정신 나간 소리다.

"어떻게 미래가 여럿일 수 있죠?"

마거릿 아주머니가 한숨을 쉰다.

"얘야, 우리가 하는 모든 선택이 새로운 미래를 만든단다. 온갖 세계가 태어나길 기다리고 있어."

"어떤 미래에선 네가 적의 제안을 받아들이고 온통 암흑만 남는다. 항상 이 지점이야. 네 세계가 아슬아슬하게 균형을 잡고 있는 저 검의 끝이지."

온딘 아주머니가 말한다.

나는 재딘 아주머니를 본다. 도살자 클라이드의 살갗 속에 살고 있는 그것들이 뭘 제안하기에 내가 소중히 여기는 모든 걸 배신할 수 있을까?

생사를 좌우하는 힘.

"그럼 제가 그 제안을 받아들이지 않으면, 우리가 이기는 건가요? 쿠 클럭스는 사라지고?"

"네가 받아들이지 않으면. 투쟁을 계속할 기회가 있다. 언젠가는 승리를 보리라는 희망이. 그것뿐이야."

온딘 아주머니가 대답한다.

공평하지 않다.

숱한 질문이 있지만 그보다 급한 일이 있다.

"위대한 키클롭스란 걸 막아야 해요. 하지만 우리만으론 부족해요. 도움이 필요해요. 아주머니들의 도움이. 아주머니들이 계시면 우린……."

하지만 온딘 아주머니는 몹시 아쉬운 표정으로 이미 고개를 젓는다.

"우리는 오래전 선택을 했다. 이곳에 묶여 있기로. 이곳을 떠나면 우리 능력을 잃어. 네 세계로 건너가지도 못할 수 있다. 너 혼자 감당해야 하는 일이다."

"하지만 우린 인간일 뿐이잖아요! 저들은 괴물이에요!
우린……."

"너희에겐 괴물이 필요하다."

갑자기 마거릿 아주머니가 생각에 잠겨 눈을 가늘게 뜨
고 그렇게 중얼거린다.

온딘 아주머니가 몸을 돌려 묻는다.

"무슨 소리야?"

"또 개입할 다른 자들이 있다는 거지."

"다른 자라니 누구? 쟤들 세계는 아무도 찾아가지도, 관
심을 가지지도 않는데."

"그렇게 해 줄 자가 생각나."

그때 재딘 아주머니가 노래한다.

"닥터, 닥터. 내 사랑의 고통을 치유할 수 있나요……."

온딘 아주머니가 고개를 홱 돌린다. 입술을 벌리자 날카
로운 여우 이빨이 살짝 보인다.

"아니! 그들은 안 돼. 그들에게 사랑은 없어. 거머리 같은
것들! 죽어서 싸늘해진, 말라붙은 심장으로 아무것도 못
느끼는 것들. 고통 속에서 양분을 찾는 것들!"

재딘 아주머니가 어깨를 으쓱인다.

"괴물이라 그런 건데 탓할 순 없지."

"그들에겐 도덕이 없어, 혼돈뿐이라고! 우리 전쟁에는 관심도 없고!"

온딘 아주머니가 우기자 마거릿 아주머니가 끄덕인다.

"그럴지도 모르지. 하지만 적이 그들…… 구미에 맞을 수도 있잖아?"

그러자 재단 아주머니가 씩 웃는다. 그렇다, 확실히 여우 이빨이다.

온딘 아주머니가 생각에 잠긴다. 한참 뒤에 나를 본다.

"내 자매들이 너희와 연합해 적과 싸울 수도 있는 자들이 있다고 여긴다. 네가 그들을 설득해야 할 게다. 하지만 조심해라. 그들은 대가를 받아갈 게야."

내겐 이미 빚이 쌓였는데, 하나가 더해진들 어떨까.

"누군데요?"

"진짜 이름은 사라지고 없구나. 하지만 그들은 전에도 네 세계에 갔었다."

온딘 아주머니는 한 손을 들고 공중에 글을 쓰듯 손가락을 움직인다.

"자. 필요한 건 네 책에서 찾을 게다."

내 책? 뒷주머니를 더듬는다. 그렇지, 내 책이 들어 있다.

책을 꺼내 페이지를 훑으면서 호흡을 훔쳐가는 부 해그[28]의 이야기를 찾으라는 건지, 머리 없는 노예 소녀 가련한 빅 리즈[29] 이야기를 찾으라는 건지 싶다. 그러다 멈춘다. 전에 없던 단편이 있다.

제목을 보고 눈살을 찌푸린다.

"「나이트 닥터스」가 뭐죠?"

"새로운 선수가 등장했나 보구나."

온딘 아주머니가 턱을 톡톡 두드리며 중얼거린다.

"선수, 선수."

재딘 아주머니가 뾰족한 치아 사이로 혀를 쏙 내밀며 악마처럼 흥얼거린다.

***

아주머니들과 만난 이야기를 전하자 진 할머니의 이마에 주름이 깊어진다. 진 할머니는 조용히 의자에 멍하니 앉아 있다. 입을 여는 건 셰프다.

---

28 걸러인의 민담에 등장하는 흡혈귀 같은 종족.

29 남북전쟁 시기, 부유한 주인으로부터 살해당한 노예 소녀 엘리자베스에 관한 설화.

나이트 닥터스, 나이트 닥터스
네 문 밑으로 살그머니 들어오지.
검둥이에게서 혀와 눈을 훔쳐가고
더 가지러 돌아오지.

나이트 닥터스, 나이트 닥터스,
네가 죽든 살든 데려가지,
검둥이의 손발을 잘라 가고
머리까지 가져가지.

나이트 닥터스, 나이트 닥터스,
하얀 복도로 널 잡아가
불쌍한 검둥이 아이의 배를 가르고
간과 쓸개를 보여 주지.

나이트 닥터스, 나이트 닥터스
넌 울며 버틸 수 있어.
하지만 그들이 해부를 하면
넌 하나도 남김없이 사라져.

셰프가 읊조리기를 마치자 농장집이 고요해진다. 밖에
서 나무 사이로 바람이 불자 사로잡힌 유령들이 사악하게 웃는지 두려워서 우는지 알 수 없는 소리가 난다. 샤우터들이 나를 마치 악마의 딸을 데리고 달아난 정복자 존[30]을 보듯 빤히 본다.

"나이트 닥터란 게 누군가요?"

에마가 사람들을 둘러보며 묻는다.

식탁 맞은편 셰프가 의자에 등을 기대며 손가락에 낀 조커를 보여 준다.

"전해 오는 이야기예요. 버지니아가 고향인 부대원에게서 들었죠. 증조할아버지가 노예 시절 이야기를 들려줬다고 했어요. 나이트 닥터는 유령이라고 했대요. 키가 크고 흰옷을 입어서. 노예를 훔쳐 가서 실험을 하는 자들이랬어요. 하지만 다 지어낸 이야기죠. 예전 노예 주인이 밤에 돌아다니며 노예들을 겁주려고 한 이야기. 죽은 노예 시체를 의대에서 해부하라고 팔아서 나온 이야기라고 해요."

에마가 놀란 소리를 낸다.

"끔찍하네요!"

셰프는 어깨를 으쓱인다.

"전부 그렇죠. 하지만 말했듯이, 옛날이야기예요. 나이트 닥터란 건 없어요. 지어낸 이야기죠."

---

30 아프리카계 미국인의 민담에서 여러 형태로 등장하는 영웅.

셰프가 나를, 그리고 진 할머니를 본다.

"진짜는 아니죠, 그렇죠?"

진 할머니가 입술을 비튼다.

"나이트 닥터는 지어낸 이야기가 아니야. 진짜야."

할머니의 갈색을 띤 금빛 눈동자가 나를 향한다.

"그 악한 곳에 오늘 가려는 게냐?"

나는 끄덕인다.

"구할 수 있는 도움은 다 동원해야 해요. 허락은 구하지 않을게요."

반항적인 말투로 말하려고 하지만, 잘난 척하는 꼬마가 된 느낌이다.

"유령 여자들이 방법을 알려 주던?"

나는 민담집을 들어 보인다.

"필요한 건 여기 다 나와요."

"그래도 검이 없잖니."

"부서졌으니까요."

겨우 이렇게 말하는 게 전부다.

할머니는 그 검을 좋아한 적 없지만 지금 표정을 보면 내가 검 없이 가는 것도 마뜩잖다. 그래도 고개를 끄덕인다. 허락이 아니라, 적어도 알겠다는 뜻이다. 내가 얼마나 간절히 원하는지 모르면서도 할머니는 그렇게 한다.

진 할머니가 낮은 목소리로 경고한다.

"몸조심해라. 그 사악한 곳은 네가 갈 곳이 아니다. 조심하지 않으면 넌 그곳에서 당할 거다. 사람들이 거기 갈 때마다 뭔가 포기하게 돼. 뭔가 두고 돌아와. 너는 온전히 돌아오겠니?"

"가능한 한 온전히 돌아올게요."

나는 약속을 하지 않는다는 사실을 기억하면서도 그렇게 대답한다.

주석25

이브와 아담 샤우트는 그들이 사악한 뱀의 말을 듣고 금지된 나무에서 과실을 따 먹는 이야기예요. 하느님이 부르자 아담은 대답하지 않아요. 그래서 하느님이 이브에게 묻죠. 이브는 아담이 수치를 알게 되어 벌거벗은 몸을 가리려고 나뭇잎을 따러 갔다고 해요. 우리는 그 샤우트를 할 때 아담처럼 나뭇잎을 주워 주님으로부터 몸을 가리는 시늉을 하죠. 놀리는 것이기도 하지만 경고이기도 해요. 그 옛날 사악한 뱀과 얽히는 것을 주의하라는 뜻이죠.

— 수재너 "수지" 우드벨(66세) 씨와의 인터뷰,
걸러어에서 에마 크라우스가 옮겨 적음.

7장

    동트기 전 고요한 시간에 나는 출발한다. 셰프도 따라오려 하지만 온딘 아주머니는 이 일을 혼자 해야 한다고 분명히 밝혔다. 아주머니들이 내 책에 적은 이야기에 따르면 나는 숲으로 가서 '죽은 천사 참나무'를 찾아야 한다. 그게 뭔지 몰라도.

    메이컨에는 숲이 별로 없다. 목화를 심기 위해 숲은 다 베어 냈다. 하지만 진 할머니가 돕겠다고 한다. 몰리의 헛간을 지나 걸어 나가라고 한다. 그러자 발밑의 땅이 변하는 느낌이다. 그리고 순식간에 전에는 몰랐던 깊은 숲속에 들어와 있다. 다만 이 숲의 나무들은 처음 보는 신기한 것들이다. 가지에 나뭇잎 대신 파란 병들이 자란다. 멍하니

올려다보니 거기에 유령이 갇혀 있는 것이 보인다. 어릴 때 오빠는 내게 병에 반딧불 잡는 법을 알려 줬다. 그렇게 반짝이는 유령들을 보니 반딧불이 생각난다.

기이한 숲을 가로질러 걸어가면서 거친 나무껍질을 만져 보고 현실인가 의아해한다. 머릿속으로 온딘 아주머니가 내 책에 적은 이야기를 되풀이한다. 죽은 천사 참나무를 찾으려면 간절히 원해야 한다. 그래서 나는 그것을 찾아야 할 모든 이유를 생각해 본다. 우리가 막아야 하는 위대한 키클롭스라는 존재를. 도살자 클라이드와 쿠 클럭스들을. 마이클 조지를 구하는 것을. 재딘 아주머니가 본, 내가 모든 것을 배신하고 받아들이는 제안을. 가장 많이 생각하는 건 세이디다. 꺼진 촛불처럼 그 애 눈 속에서 빛이 사그라지는 모습을 기억한다. 그걸 떠올리자, 올가미에서 벗어나려고 발톱을 긁어 대는 짐승처럼 내 가슴속에서 분노가 타오른다.

또 눈물이 차오르기에 눈을 깜빡여 털어내는데 죽은 천사 참나무가 등장한다. 말 그대로 등장한다. 한순간은 없더니, 다음 순간 그 자리에 서 있으니까.

누가 이름을 붙였는지 몰라도 제대로 붙었다. 나무는 뼈처럼 허옇게, 새카만 밤하늘을 배경으로 빛나고 있다. 두툼한 몸통에서 길고 옹이 진 가지가 자라 나와 거미의 다리처럼 사방으로 뻗어 있다. 위와 옆으로 뻗은 가지도, 땅에 끌리는 가지도 있다. 울퉁불퉁한 가지에도 잎은 없다. 대신 뼈가 있다. 해골, 갈비뼈, 뿔, 이런저런 동물의 온갖 뼈가 가지에 걸려 밤바람에 흔들린다.

발을 끌고 계속 움직여야 한다. 나를 낚아챌 것 같은 나뭇가지 사이를 걸어야 한다. 나무 몸통에 닿자 셰프의 칼을 꺼낸다. 가져온 무기는 그것뿐이다. 허연 나무에 칼을 푹 꽂으니 피와 색도 냄새도 같은 끈적이는 수액이 흘러나온다. 이를 악물어 배에 힘을 주고 칼을 다시, 또다시 나무에 꽂자 부드러운 살덩이가 내게 튄다. 적당히 생긴 구멍으로 양손을 넣어 찢는다. 그 안은 드러난 근육처럼 꿈틀거리며 살아 있다. 구토를 참으며 나는 한 팔을 어깨까지 밀어넣어 구멍을 넓혀, 내 몸통과 다리 한쪽이 들어갈 정도로 만든다. 나무가 나를 잡아 세게 당기고 살 속 가운데까지 빨아 당기자 놀라서 숨이 순간적으로 멈춘다. 당황해서 버둥거린다. 하지만 그 나무는 다시 당긴다. 한 번, 두 번, 나를 집어삼킨다.

나는 떨어지고 있다. 어둠 속을 구르다가 단단한 것에 떨어진다. 뺨부터. 쿨럭거리며 뭔지 상상하고 싶지 않은 것을

뱉어 낸다. 혀에는 쇠 맛이 감돌고 코에는 정육점 냄새가
난다. 옷가지와 머리카락은 피의 강에서 헤엄친 듯이 푹 젖
어 살갗에 들러붙어 있다. 옥스퍼드화가 미끄러워 넘어질
뻔하다가 일어나 주위를 둘러본다.

토끼 형제가 웃을 곳은 아니지. 오빠가 속삭인다.

나는 표백을 한 듯 허연 빈 복도에 서 있다. 보이는 곳
끝까지 그 복도가 뻗어 있다. 거기서 갈라지는 다른 복도
가 보여 그것들도 끝이 없는지 궁금하다. 부자연스러운 정
적이 감돌아 들리는 건 내 숨소리뿐이다. 돌아서 보니 벽
이 가로막는다. 상처처럼 피 묻은 금이 가 있다. 내가 이 세
계로 들어온 구멍이다.

"처음 여기에 오는 건 제법 고생스러울 수 있지."

누군가의 목소리가 정적을 가른다.

홱 돌아보니 내 앞에 누가 서 있다. 유색인 남자다. 키가
크고 흰색 정장을 입고 흰 구두까지 신었다. 세트인 모자
를 꾹 눌러 쓰고 있는데, 가장 이상한 건 눈에 흰 눈가리
개를 두르고 있다는 점이다. 하지만 나를 그대로 보는 것
같은 자세다.

"꽤 더럽혀 놓았군."

그가 흰 장갑을 낀 손가락으로 내 발치에 흔들며 말한

다. 고상한 말투로 음성은 속삭이는 높이 이상으로 올라가지 않는다.

내가 낸 피 발자국을 내려다보고 그를 다시 본다. 내가 그걸 닦을 줄 아나?

"더러운 건 사냥개를 끌어오지."

남자가 고개를 들자 나도 따른다. 천장에 무엇이 있는데 너무 희고 아무 색이 없어 흰 벽 때문에 거의 보이지 않는다. 그것의 몸통이 뼈로 이뤄진 갑옷 밑에 연결돼 있다. 셀 수 없이 많은 팔다리가 옆구리에서 튀어나와 있고 내 팔보다 긴 더듬이가 둥근 머리에서 꿈틀댄다. 지네가 머릿속에 떠오른다. 다만, 자동차만큼 폭이 넓고 길이는…… 음, 알 수 없다. 나머지 부분은 복도 한 곳으로 뻗어 보이지 않으니까. 하지만 더럽게 길다는 건 확실하다.

내 온몸이 도망치자고 외친다. 그것으로부터 멀리 달아나라고! 하지만 욕설 한번 제대로 내뱉기도 전에 남자가 내게 바짝 다가온다. 움직이는 걸 본 기억이 없는데, 어느새 차갑고 날카로운 것을 내 턱 밑에 대고 있다.

"쉬이이."

남자가 긴 손가락을 자기 입에 댄다.

"사냥개는 이곳을 청결하게 유지하는 청소부다. 녀석이

너를 닦아 버릴 거야. 다른 불순물처럼."

그가 말하는 사이에도 지네 괴물은 천장에서 일부가 떨어져 나와 기어 내려오고 있다. 놈의 더듬이가 내 주위에서 꿈틀거리고 턱이 눈 없는 얼굴에 달린 기계처럼 움직이기 시작하자 나는 긴장한다. 끝에 사람의 손처럼 가느다란 손가락이 달린 놈의 발이 다가온다. 그것이 내 다리와 등, 팔을 더듬는다. 나는 몸을 홱 치우려고 하지만, 턱 아래 날카로운 것이 더 세게 누르는 바람에 발뒤꿈치를 든 채로 꼼짝할 수 없다.

괴물이 갑옷 같은 등을 내 허벅지에 문지르며 지나가자 마음이 놓인다. 날카로운 것도 턱 밑에서 빠져나가고 몰리의 해부용 메스 같은 은빛 나이프가 보인다.

"사냥개가 내 냄새와 네 냄새를 혼동했다. 너를 해치지는 않을 거다. 당분간은."

돌아보니 지네 괴물이 벽의 갈라진 자리에 가 있다. 놈의 턱이 건드리는 곳에 피가 사라지고 상처가 아물기 시작한다. 나는 다시 남자를 본다.

"당신은 그들 중 하나인가? 나이트 닥터?"

"이 영역의 주인들을 보면 그런 질문은 할 필요도 없을 거다."

남자는 돌아서며 나를 보내려 한다.

"그럼 당신이 의사 안투안 비셋인가?"

남자는 이름을 듣더니 굳는다. 나는 내 책에 적힌 이야기를 계속한다.

"안투안 비셋. 옛 노예 이야기에서 '나이트 닥터'를 찾는 유색인 의사. 그들이 진짜였다는 걸 알아낸 당신은 죽은 천사 참나무를 찾으러 갔어. 그게 1837년, 노스캐롤라이나에서야. 나는 1922년 조지아주 메이컨에서 여기로 왔어. 나를 보내고 당신 이야기를 해 준 이들이 말하길, 이곳에선 시간이 중요하지 않다고 했어. 당신의 내일은 내 내일이 아닐 수도 있다고. 하지만 당신이 뭔가를 찾으러, 비밀을 이해하러 왔다고 했어."

남자는 머리 먼저, 그리고 몸을 내 쪽으로 돌린다. 방금 기억난 듯이.

"그런데 네 이야기에서 내가 뭘 찾으러 온다고 했지?"

"증오. 당신은 증오를 이해하러 왔어."

남자는 눈가리개 뒤에서 나를 노려본다.

"체액론(體液論)이라는 옛 학문을 알고 있나? 이집트 함족이 그리스와 로마인에게 전한 것? 인간의 체액이 각각 하나의 원칙을 관장한다는 주장이었지. 피는 생명, 노란 담즙은 폭력성, 검은 담즙은 우울, 가래는 무감각을. 나는 한 가지 성정이 빠졌다고 생각한다. 사람들이 증오라고 부르는 것. 그것이 존재하지 않는다고 부인하기에는 너와 난 너무 많은 것을 봐 왔지."

"그래서 찾았나? 증오의 근원을?"

남자의 턱에 힘이 들어간다.

"인간의 내장 속에서 증오를 사냥했다. 내 주인들이 먹어 치우도록 표본을 가져왔지. 내가 그들에게 이 맛있는 것을 소개했으니까. 그럼에도 그 근원은 찾지 못했다."

"내가 증오를 가져온다면? 사람이 아니라…… 네 주인들과 같은…… 존재로부터. 혈액 속에 오로지 증오만을 가지고 다니는 것들에게서. 증오를 먹고 활개 치는 것들에게서."

남자가 순식간에 내 앞에 선다. 이번에는 칼을 들이대지 않지만 가린 눈의 시선이 똑같이 예리하다. 나를 시선으로 그어 살갗을 도려내고 그 속을 살피려는 것 같다.

"왜 네가 이곳에 와서 그런 것을 주려 하지?"

"당신 도움이 필요하니까."

나는 쿠 클럭스들에 대해 알린다. 도살자 클라이드에 대해서도.

"당신이 주인들을 설득해서 우리가 싸울 수 있도록 도와

줘야 해."

나는 설명을 마친다.

"내가 그분들을 좌우할 수 있다고 믿는다면 착각이다."

"하지만 이 맛있는 걸 먹게 해 준다고 할 순 있잖아. 그들이 좋아할걸."

남자는 잠시 생각하더니 묻는다.

"보답으로 뭘 줄 건가?"

나는 눈썹을 치켜뜬다.

"포식할 기회로 충분하지 않아?"

남자는 허연 이를 드러내며 웃는다.

"이곳 주인들이 노예를 훔쳐가는 이유를 아나? 비참함에 매료되기 때문이지. 찢기는 아픔에. 그런데 노예보다 비참함을 더 겪은 게 누가 있나? 하지만 나는 내 뜻대로 여기 왔다. 너처럼. 그래서 찾는 것에 대한 대가를 치를 기회를 요구할 수 있었지."

남자는 내 손을 빠르게 잡더니 자기 가슴에 댄다. 온기가 없다. 호흡도 없다. 심장박동도 없다. 다만…… 공허뿐이다. 호박처럼 속을 파낸 사람 같다.

"내가 치른 대가다. 너도 네 대가를 치러야 할 거다."

나는 온딘 아주머니의 경고를 떠올리며 손을 빼내면서

도 고개를 끄덕인다.

"좋아, 난……."

당장 무엇인가가 나를 붙잡는다. 쓰러지며 머리를 바닥에 부딪친다. 눈앞에 별이 보이더니, 이윽고 나는 내가 움직이고 있음을 깨닫는다. 누군가 내 발을 잡아당기고 있다. 지네 괴물이 보이리라 생각하며 놀라서 고개를 홱 쳐들지만, 눈앞에는 다른 괴물이 있다.

인간처럼 생겼다. 아니, 거인처럼 생겼다. 길고 허연 가운을 입은 둘이다. 하나는 창백한 살갗이 뼈대에 팽팽히 달라붙은 모습에, 손가락 여섯 달린 손으로 나를 잡고 있다. 허리춤에 꽂아 둔 셰프의 칼을 기억하고 그걸 잡아 그 손에 찔러 넣는다. 흠집 하나 내지 못한다. 하지만 나를 잡고 있던 거인이 가느다란 목 위의 고개를 돌리자 나는 투지를 잃는다. 의심의 여지가 없다. 나이트 닥터다.

나를 보는 얼굴에는 색도 없고 텅 비어 있다. 눈도, 코도, 입조차 없다. 긴 머리에 쭈그러진 살갗뿐이다. 귓속에서 몇 가지 음성이 미끄러지는 칼날처럼 속삭이기 시작한다. 나는 몸을 굳힌다. 온몸이 밧줄에 묶인 채 납작한 돌덩이 위로 끌려 올라간다. 주위에 온통 나이트 닥터들이 아무것도 없는 얼굴로 날 내려다보고 있다. 움직일 수 있는 건 눈

뿌리라 덫에 걸려 겁먹은 동물처럼 나는 눈을 굴린다.

비셋 박사가 내 시계로 들어온다. 거인에 비해 작아 보인다.

"네 발로 여기 왔으니 주인님들이 네 거래 청원을 들어주실 거다."

그가 다가온다.

"하지만 네가 돌아가는 건 보장할 수 없다."

나는 말하려고 입을 벌리려다가 입이 다물어져 있는 것을 깨닫는다.

"그럴 필요 없다. 주인님들만의 이해 방법이 있다."

그 속삭임이 다시 들린다. 아주 많이. 이젠 눈도 굴릴 수 없고, 깜빡일 수도 없다. 또 한 덩어리의 돌이 내려오는 곳을 직시한다. 돌에는 은색 물건이 붙어 있다. 하나는 가위 같고 하나는 구부러진 칼 같고 바늘이 붙은 칼과 끝이 구부러진 칼도 있다. 몰리의 실험실에 있는 물건 같다. 해부실험대에.

내 배가 처음 갈라질 때, 할 수 있으면 비명을 질렀을 것이다. 처음 느껴 보는 통증이며, 그 세계에 존재하는 건 그 고통뿐이다. 손가락이 여섯 개 달린 손이 새 내장을 빼내듯이 내 배를 활짝 연다. 한 손이 속으로 들어와 아마도 내

간을 들어 올린다. 그들은 피가 떨어지는 간을 돌아가며 쓰다듬고 허리를 숙여 살핀다. 나는 괴로운 와중에도 비셋 박사의 말소리를 듣는다.

"주인님들은 최초로 간을 가지고 점을 치셨다. 바빌론인과 토성의 여사제들에게 내장의 비밀을 읽는 법을 가르치셨지. 여기에 우리는 비밀을 감추니까."

머릿속에서 기억이 떠오른다. 아칸소주 일레인에서 폭도가 유색인들을 사냥하는 광경. 털사의 그린우드에서 쿠 클럭스들이 광란을 일으키는 광경. 세이디의 얼굴이 굳는 모습. 내 비참함, 내 고통이 접시에 담긴 채 이 괴물들에게 주어졌다. 배를 가른 들쥐를 잡듯이 그 모든 것을 읽는다. 그들은 내 방광과 기다랗게 번들거리는 창자를 자르고 꺼낸다. 나는 입을 다문 채로도 비명을 지르며 내가 겪은 모든 비참한 일들을 그들에게 노래한다. 내게도 그 소리가 들린다. 그들의 허연 복도에 내가 질러 대는 노랫소리가 울리다가 암흑이 나를 사로잡는다.

눈을 뜨자 내 집에서 경첩에서 떨어진 문을 보고 있다. 배는 멀쩡하고 나무 피도 묻지 않았다. 하지만 밤이다. 늘 밤이다.

"흥미롭군."

목소리가 들린다.

깜짝 놀라 고개를 돌리니 비셋 박사가 거기 와 있다.

"여기서 뭐 하는 거지?"

"관찰."

"내 환상이야? 아니면 실재인가?"

남자는 눈가리개 뒤에서 나를 쓱 본다.

"그게 무슨 차이가 있지?"

남자는 유령 사이에서 오래 지내 그들이 말하는 방법을 배운 모양이다.

"그들이 날 여기 보냈어?"

"여기에는 주인님들이 보지 못하는 것이 있다. 네가 깊이 감추어 둔 것. 주인님들이 그것에 흥미를 느낀다. 드문 일이야."

남자는 돌아서서 집 안으로 들어가며 내게 뒤따르게 한다. 그가 해치로 곧장 가기에 내가 뒤따라가 팔을 붙잡는다.

"안 돼! 이건 안 돼."

하지만 남자는 물고기처럼 미끈거리며 벗어나 비밀의 문을 열어젖힌다. 남자는 소녀를 보고 호기심 어린 표정으로 고개를 갸우뚱하더니 손을 내민다. 아이가 그 손을 잡고 내게는 한 번도 그런 적 없는 모습으로 구멍에서 나오는 것을 보고 놀란다. 아이가 무엇인가를 들고 있다. 내 검의 은빛 자루에 삐죽삐죽한 검정 날 조각이 튀어나와 있다. 그렇다면 검은 여기서도 부서진 것이다.

비셋 박사가 한쪽 무릎을 꿇는다.

"여기 오랫동안 있었구나."

아이가 끄덕인다.

"저 애가 날 여기 감춰 둬요."

"난 널 아무 데도 감추지 않아!"

분노가 끓어올라 내가 받아친다.

아이가 나를 보는 동그란 눈에 서린 공포에 나는 물러선다.

비셋 박사가 묻는다.

"왜 그 밑에서 지내지?"

"괴물에게서 숨으려고요. 찾으러 온 괴물한테서."

"그건 칠 년 전 일이야!"

내가 외친다.

비셋 박사가 우리 둘을 번갈아 보며 눈가리개 밑에서 잽싸게 계산한다. 그가 아이에게 말한다.

"겨우 칠 년 전이라기엔 어려 보이는구나."

"쟤가 절 이렇게 둬요. 작다고 생각하면 상상하기 쉬우니까요."

"그럼 모든 환영을 치워 버리자."

비셋 박사가 장갑 낀 손을 흔들자 아이가 변한다. 여전히 잠옷 차림이지만 열여덟 살이 된다. 그리고 나와 더 비슷하게 생겼다. 스물다섯 살의 성인은 아니지만 장성한 모습이 보인다.

남자가 우리를 번갈아 보며 말한다.

"자. 괴물 이야기를 들려줘."

내가 말하지 않자 그 애가 말한다.

"어느 날 밤, 우리가 자는데 괴물이 왔어요. 허연 시트와 두건을 쓴 남자들이었어요. 아빠가 샷건을 들고 문을 열고는 싸우기 시작했어요. 오빠는 유령처럼 생긴 자들이라고 했어요. 하지만 전 그들의 정체를 알아요. 사람이 아니에요. 괴물이에요. 엄마한테 말하려고 하는데 오빠가 절 해치 속에 넣었어요."

눈을 감고 나머지를 떠올린다. 아빠와 문을 관통하는 총알 소리. 머리 위에서 난동을 부리는 쿠 클럭스. 엄마의 비명. 오빠가 우는 소리. 구멍 속에서 공포에 떠는 나. 그때 처음으로 검이 왔다. 손에 쥐자 차가운 느낌이 들며 머릿속에 환영을 보내던 것이 여전히 기억난다. 열심히 내게 올라가서 쿠 클럭스와 싸우라고 검이 흥얼거렸다. 하지만 너무 두려워서……

"……움직일 수가 없었어요."

아이가 내가 하던 생각을 이어 말한다.

"뭔가 절 붙잡은 것처럼. 거기 어둠 속에서 다 끝나기를 기다리기만 했어요. 거의 이틀 꼬박 거기서 지냈어요. 그리고 나오니 모두 가 버리고 없었어요. 그래서 찾으러 나갔는데……."

심장이 미친 듯이 뛴다.

"안 돼! 이건 내놓지 마!"

비셋 박사는 내게 눈길도 주지 않는다.

"찾으러 어디로 갔지?"

내 어린 자아는 내 눈을 빤히 보며 우리를 배신한다.

"헛간요."

"날 거기로 데려가렴."

내가 움직이지 않자 그가 한숨을 쉰다.

"부탁한 게 아니다."

그가 내 팔을 잡자 다리를 움직이지 않고 걷는 것처럼 세상이 움직인다. 멈추자 우리는 다시 밖에 나와 있다. 헛간 앞, 문이 조금 열려 있다. 이제 아침이다. 이곳에 온 때가 아침이었으니까.

"이건 왜 보고 싶어 하지?"

내가 작게 묻는다.

"네게 말했듯이 주인님들은 네가 감추는 비밀을 원한다. 너는 그걸 감추느라 상당한 계략을 꾸며 놓았군."

"그들이 당신에게 고통을 보여 달라고 했을 때, 보여 주기만 했어?"

그는 받아치는 나를 향하며 손을 들어 눈가리개를 든다. 나는 놀라 숨을 들이쉰다. 눈이 있어야 할 자리에 아물지 않아 피투성이인 구멍만 있다. 마치…… 뽑아낸 것처럼.

"주인님들은 내 몸으로 목격한 고통을 보고 싶어 하셨다. 그분들이 청해서 나는 기꺼이 응했다. 이 정도 침범은…… 사소하다고 여겨라."

그는 헛간 문으로 가 밀어 열고 안으로 들어선다. 나는 그 자리에서 물에 빠진 사람처럼 숨이 가쁘다. 가느다란 손가락이 내 손에 깍지를 끼기에 나는 어린 나를 쳐다본다. 그 얼굴에서 두려움이 사라진다. 이제 모든 두려움은 내게로 왔으니까.

"우리가 함께 해낼 수 있어."

그 애가 말하더니 부서진 검을 건넨다.

"나보단 네 거야. 내가 한 말 기억해. 그들은 우리가 아파하는 곳을 좋아해. 그걸 이용해서 우리와 싸워."

아이는 살짝 당겨 나를 헛간 문 쪽으로 이끌고 간다.

안에 들어서자 나는 혼자다. 그 애가 무엇이든지, 내가 남긴 유령이든, 머릿속의 착각이든, 사라지고 없다. 그래서 끔찍한 광경 앞으로 들어서자, 칠 년 전 추운 12월의 아침이 다시 떠오른다. 세 구의 시체. 내 가족. 모두 밧줄로 헛간 대들보에 매달려 있다. 그들은 아침의 햇살 속에서 흔들렸고 발이 허공에서 춤추는 듯했다. 무엇인가 내 속을 꽉 움켜쥐어 나는 엎드려 웅크리고서 그때의 공포와 죄책감을 다시 느낀다.

비셋 박사가 내 곁에 무릎을 꿇는다.

"큰 고통이군. 상실한 것에 대한 슬픔. 할 수 없는 일에 대한 부끄러움. 그리고 분노. 너무나 큰 분노."

그의 텅 빈 눈이 나를 읽는다. 내 가장 깊숙한 틈 속을 살핀다.

"그 분노를 이용해 가족과 친구들에게서 달아나 복수를 하러 갔구나. 네 이야기를 피로 새기려고."

밀려오는 기억에 나는 이를 악문다. 그 일이 있은 후 나는 외가 친척과 지냈다. 검은 내내 나와 함께 지내며 비밀을 노래하고 죽음의 박자를 가르쳤다. 준비를 마친 뒤 나는 쿠 클럭스를 찾아 나섰다. 처음 죽인 쿠 클럭스에게는 품고 있던 분노를 다 쏟아부었다. 조각조각 찢어 놓았다. 그래도 성에 차지 않았다. 고통과 분노가 남아 있었다. 이 년을 돌아다니며 쿠 클럭스를 죽였다. 더 이상 내가 온전한 인간인지도 알 수 없었다. 복수심과 살해 욕구만 남아 있었다. 그렇게 괴물 사냥꾼이 됐다. 테네시 숲 어딘가에서 피가 낭자한 살육의 지옥으로 내려가는데 진 할머니가 나를 불러 그 구덩이에서 끌어냈다. 나는 다시 사람이 됐다. 하지만 그때 나를 몰아치던 상처를 깊이 묻어 뒀다. 어린 소녀와 그 애가 본 온갖 두려운 장면은 그 해치에 도로 쑤셔 넣었다.

"미안해."

나는 그 애에게, 나 자신에게 속삭인다.

"주인님들이 네 고통이…… 맛있어 보인다고 하신다. 너는 과연 진미라고."

어이가 없어 눈을 들어 그의 텅 빈 눈두덩과 마주치자 새로운 분노가 솟아오른다. 이것은 나의 고통이다. 늘 가지고 다니는 흉터다. 그들이 먹어 치우는, 뼈에서 쪽쪽 빨아먹을 골수가 아니다. 내 일부를 먹어 치우고, 내 몸을 통째로 삼키려던 괴물들은 충분히 겪었다.

"나는 괴물을 사냥해."

이를 악물고 그에게 말한다.

언제 손을 내밀어 검을 불렀는지 기억나지 않는다. 손에 쥔 부서진 검 조각이 꿈틀거리더니 새로운 환영이 머릿속에 흘러 들어온다. 한꺼번에 그렇게 많은 환영이 정신없이 드나드는 건 처음이다. 다시 한번 노랫소리가 들린다. 아름다운, 복수심에 가득한 노래다. 전보다 노래도 강해졌다. 수백 명의 목소리가 화음을 이룬다. 그 소리에 노예를 파는 추장과 왕들은 잠자는 신들을 소리 높여 깨운다. 내려다보니 삐죽삐죽 잘린 칼날이 검은 연기에 덮여 낯익은 잎사귀 모양을 취하고 합체되어 검은 금속이 온전하게 고쳐진다. 그제야 나는 온갖 환영 속에서 소녀가 진정 사라졌음을 깨닫는다. 이제는 겁에 질린 두 눈이 없다. 나를 잡아당기는 두려움도 없다. 그 애로 만든 상처는 아직 남아 있지만 예전처럼 날카롭게 쓰라리진 않다. 그것 역시 낫고 있다. 영영 온전히 치료되지는 않을지언정.

비셋 박사가 검을 본다. 그 텅 빈 눈에서도 놀라움이 느껴진다.

"어떻게……?"

그가 입을 열지만 내가 말을 자른다.

"이건 내 자리야. 내 고통. 당신은 여기 있을 권리가 없어! 당신의 주인들이 내 고통을 그렇게 좋아한다고? 내가 알려 주지!"

검은 잎사귀 검이 눈부신 폭발을 일으키고 노랫소리에 귀가 먹먹해진다. 불빛이 모든 것에 스며들자 앞이 캄캄해진다.

다시 앞이 보이자 나는 돌아와 있다. 해부실에. 머릿속에 새로운 소리가 들린다. 여남은 목소리가 비명을 지른다.

너무 심해! 너무 커! 너무 심하다고!

나이트 닥터다. 그들은 허리를 숙이고 머리를 감싸 쥐고 있다. 뭔가 차단하려는 것 같다. 내게 미치는 그들의 힘이 망가진 듯하고 나는 몸을 움직여 일어나 앉을 수 있다. 상의가 열려 배가 보인다. 모든 것이 정상이다. 내장이 밖으로 흘러나온 흔적은 손끝에서 느껴지는 아주 작은 흉터뿐이다. 다른 손에는 더욱 놀라운 것이 쥐어져 있다. 바로 내 검이다!

꿈속에서처럼 빛나고 온전한 검이다. 거기 끌려드는 영혼들이 삶을 노래하자 검날이 진동하며 윙윙거린다. 노예들을 잡아채 가던 나이트 닥터들은 그 노래에서 큰 비참함과 고통을 얻었다. 너무 심하게도. 그들이 고통에 허우적거리는 모습이 조금 유쾌하다.

그때 비셋 박사가 나타나 으르렁거린다.

"그만해!"

갑자기 해부대에서 몸이 일으켜진 나는 그처럼 이상하게 복도를 움직인다. 걸음을 멈추다 내가 통과해 들어온 벽에 등이 쿵 부딪친다.

"넌 너무 오래 있었다. 돌아갈 시각이야."

"당신 주인들은? 도와준대?"

"그런 짓을 하고도 아직 살아 있는 게 행운인 줄 알아."

"계약을 했잖아! 날 위해 그들에게 말해 주겠다고!"

그는 다가오더니 다시 쓴 허연 두건을 통해 나를 본다.

"내가 너라면 얻은 걸 가지고 떠나서 여기 다시는 돌아오지 않을 거다."

그가 세게 밀치자 나는 돌에 쓰러져 부드럽고 탄탄한 어둠을 지나 땅에 굴러떨어진다. 몸을 일으켜 보니 진 할머니의 농장집 뒤쪽이다. 큰 나무가 자라던 숲은 없어졌다. 그리고 눈앞에서 죽은 천사 참나무가 사라지고 있다. 그것이 떠나는 것을 보며 나는 드러누워 밤하늘을 바라본다. 고친 검을 가슴에 꼭 끌어안고서.

8장

우리가 스톤 산에 올라간 일요일 밤에는 비가 온다.

장로교 같은 비가 아니다. 떨고 고함치는 침례교스러운 소나기다.

우리는 특이한 무리다. 나랑 셰프. 에마와 에마의 "동지" 셋. 그중에는 시칠리아인이라는 검은 피부의 남자가 둘이다. 몰리의 조수인 시티와 세라는 챙 넓은 모자를 쓰고 어깨에는 라이플을 메고 있다. 진 할머니도 윌 아저씨와 샤우터들과 함께한다. 진 할머니에게 노인이 낄 자리가 아니라고 했지만 할머니는 뭔가 대단한 마법을 쓸 계획이라고 한다. 그리고 할머니가 한번 마음을 먹으면 아무도 바꾸지 못한다.

가기가 쉽지도 않다. 스톤 산은 이름 그대로다. 회색의 둥근 바위가 하늘까지 솟아 있다. 기슭은 나무와 관목으로 에워싸여 있다. 하지만 꼭대기는 대체로 돌산이고, 우리가 오르는 길은 물과 퇴적물이 뒤섞여 엉망이다. 손전등이 도움이 되지만 그래도 전진하기가 힘들다. 옥스퍼드화를 부츠로 바꿔 신고 각반, 진녹색 속바지, 검은 셔츠, 몰리가 젖지 않는 고무 같은 천으로 지어 준 진청색 우의를 입었다. 진 할머니는 비가 오는 것을 감지하고 짐을 제대로 싸라고 일렀다. 폭풍이 올 것이라는 할머니의 예감은 내 생각보다 문자 그대로의 뜻이 있나 보다. 그래도 셰프의 군복이 부럽다. 물이 고이지 않고 흘러내리는 모자는 말할 것도 없다. 나는 갈색 모자를 꾹 눌러 썼다. 앞이 잘 보이지 않지만 얼굴에 비가 들이치지는 않는다.

삼십 분쯤 전, 우리의 부름에 응해 준 다른 무리와 만났다. 근처 애틀랜타 사람들이 주를 이루는, 레인코트와 은빛 단검이 달린 라이플 때문에 쉽게 눈에 띄는 전문가들이다. 마리에타와 애슨스에서도 작은 무리가 왔다. 그렇다 해도 싸울 수 있는 건 서른 명 정도다. 많은 수는 아니다.

비셋 박사가 계약을 지킬지 의문이다. 마지막으로 본 그의 얼굴을 기억해도, 확신할 수는 없다. 내장이 끌려 나가는 감각이 기억나서 나는 한 손으로 배를 누른다. 그게 겨우 하룻밤 전이었나? 메이컨에서 여섯 시간 걸려 이곳에 오면서 셰프와 번갈아 운전을 했다. 하지만 잠이 들어도 선잠이었고, 잊고 싶은 것이 가득한 꿈을 꿨다. 팔다리가 뻐근하다. 무엇 때문에 계속 가고 있는지 모르겠다. 오로지 분노 때문이리라.

가끔은 깜빡하고 세이디가 잘 있는지 돌아보곤 한다. 세이디가 이 비에 뭐라고 불평할지 떠올려 본다. 혹은 그 애가 지껄이던 헛소리도. 타블로이드 신문에서 읽은 기사 따위. 쿠 클럭스가 세이디를 이 세상에서 잘라 내고 그 자리에 구멍을 남긴 느낌이다. 그리고 마이클 조지를 데려갔다. 그 모든 일이 내 속을 활활 태워서 비가 살갗에 닿으면 지글거릴 것 같다.

나무가 줄어들며 가파르고 젖은 바위만 앞에 보인다. 그제야 진 할머니는 멈춘다. 자신과 윌 아저씨, 샤우터들은 그곳에서 쉬다가 우리와 나중에 합류하겠다고 한다. 그럴 가능성은 영에 가깝다. 하지만 난 괜찮다. 할머니는 헤어지기 전 우리를 축복한다. 그들은 나무 밑에서 비를 피하고 우리는 산꼭대기로 향한다.

미끄럽다는 말로는 이 등산을 제대로 표현할 수 없다. 맨바위를 밟으니 미끈거려, 나는 발 디딜 곳을 찾느라 애를 쓴다. 다가갈수록 하늘에서 빛이 반사되듯 드문드문 사람 말소리가 들린다. 정상에 다가가자 그 소리는 더 커져 쩌렁 쩌렁 울린다. 남자의 목소리가 밤하늘에 울리며 빗소리와 경쟁한다. 무슨 소리인지 알고 나니 속에서 분노가 끓어오른다. 우리는 마지막 덤불과 나무 밑에 모두 모여 숨을 고른다. 나와 셰프는 도착한 곳이 어딘지 확인하러 살그머니 기어 나간다.

우리를 맞이한 광경은 악몽의 한 장면 같다. 널따란 회색 바위에 클랜이 가득하다. 그렇게 많은 건 처음이다. 몇백은 된다. 그들은 로브가 젖어 살갗에 들러붙는 건 개의치 않는 듯, 줄지어 서 있다. 두건을 뒤로 젖히고, 휘둥그렇게 뜬 눈을 바로 앞 스톤 산에서 상영 중인 영화에서 떼지 못한다.

「국가의 탄생」.

나는 실외에서 영화 상영을 어떻게 하는지 몰리에게 물었다. 자가 전력을 생산하는 프로젝터와 영상을 반사시킬 것만 있으면 된다고 했다. 스크린을 만든 모양이다. 높이는 15미터, 폭은 그 두 배는 된다. 프로젝터가 어디 있는지는 모르겠지만, 엄청나게 큰 영상을 쏘고 있다. 스크린 밑에는 나무 연단이 세워져 있다. 그 위에는 여섯 명의 남녀가 양

팔은 앞으로 묶이고 머리에는 포대를 뒤집어쓴 채 서 있다. 스크린에서 나오는 빛에 검은 팔다리가 보이자 가슴이 덜컹한다. 그중 하나가 마이클 조지다.

돌바닥에 거대한 목재 십자가가 세워져 있다. 그 옆 연단에는 남자가 서 있다. 이렇게 멀리서는 얼굴을 알아볼 수 없다. 하지만 떡 벌어진 덩치를 보면 다 같은 클랜 로브 차림이라도 금방 알아볼 수 있다. 게다가 그자의 목소리가 들린다.

"도살자 클라이드."

나는 내뱉듯 중얼거린다.

셰프가 끄덕인다.

"그놈이야. 온갖 헛소리를 떠들고 있어."

그렇다. 이 영화에는 오케스트라처럼 요란한 음악이 나와야 한다. 그 대신, 도살자 클라이드가 백인 인종이 어쩌고 하는 소리를 빗속에 쩌렁거리고 있다. 모인 군중은 얼이 빠져, 대형 스크린에 시선을 꽂고 그 말 한 마디, 한 마디를 놓치지 않는다.

셰프가 중얼거린다.

"오만 곳의 클랜이 다 모였군."

"쿠 클럭스도."

이렇게 쏟아지는 빗속에서도 얼굴이 변하며 구부러지는 그들이 어렵잖게 눈에 띈다. 몇몇은 사람들 사이에 퍼져 있다. 길게 줄지어 횃불을 든 자들도 있다. 기이한 불꽃이 빗속에서도 멀쩡하다.

셰프가 말한다.

"한 곳에 정말 많이 모였네. 털사 느낌이야."

털사 같다. 자기들의 신이 태어나는 걸 보려고 모두 여기에 모인 것이다.

위대한 키클롭스가 오고 있다. 그녀가 오면 네 세상은 끝난다.

셰프가 묻는다.

"이 클랜 좀 이상하지 않아? 변하지 않은 자들?"

"폭풍우 속에서 산꼭대기에 서 있는 거 말고?"

"얼굴 말이야. 이상해."

빗줄기 속에서는 잘 보이지 않는다. 하지만 모자 챙을 들어 눈을 가늘게 뜨고 영화 스크린 불빛에 언뜻 보이는 얼굴을 살핀다. 이 클랜에겐 정말로 이상한 점이 있다. 쿠클럭스와 다른 점이. 하지만 정확히 무엇인지, 무슨 뜻인지는 모르겠다.

"맞붙기에는 우리 수가 부족해."

나는 셰프에게 시선을 돌린다. 그 얼굴에 두려움은 없다.

이미 너무 많은 걸 겪어 봐서. 하지만 우리가 이기지 못하리라는 예상은 하고 있다. 그럼에도 불구하고 셰프는 싸우러 달려들 거다. 에마, 몰리의 조수들, 우리가 이끄는 저항 세력 모두 마찬가지다. 하나도 빠짐없이, 내일 태양을 보지 못하리란 걸 안다. 다만, 난 그렇게 되도록 그냥 두지 않을 거다. 할 수만 있다면.

"나 저기로 나갈래."

셰프의 표정이 구겨진다.

"뭐?"

"도살자 클라이드. 어젯밤에 그놈이 한 말 들었잖아. 날 여기로 불렀어."

"그건 덫이야. 널 보면 쿠 클럭스가 백 놈은 달려들 거라고."

나는 고개를 젓는다.

"그자가 나한테서 원하는 게 있어. 계속 그렇게 말했어."

"대체 너한테서 뭘 원해?"

"거래를 하자고 했어."

셰프는 실성한 사람 보듯 나를 빤히 본다. 셰프나 진 할머니에겐 이 일을 이야기하지 않았다. 하지만 이젠 숨을 한번 들이쉬고 다 털어놓는다. 셰프는 조용히 듣더니 내가 말을 마치자 잠시 후에 이렇게 말한다.

"유혹할 줄 모르면 악마가 아니지. 그 거래란 게 뭔지 알아?"

나도 그걸 궁리해 왔다. 도살자 클라이드가 처음 내 머릿속에 어떻게 들어왔는지. 내가 깊이 가둬 놓은 기억을 통해서였다.

나는 천천히 고개를 끄덕인다.

"알 거 같아."

"그럼 이미 선택을 했어야 하는 거 아냐."

훅! 갑자기 소리가 난다. 내다보니 거대한 십자가 불길에 휩싸여 있다. 횃불처럼 그 불길도 비에 꺼지지 않고 새카만 밤하늘을 배경으로 나무를 지옥불의 봉화로 바꿔 놓는다. 셰프를 보니, 두 눈에 그 불빛이 반사된다.

"이제 가야 해. 내가 이 상황을 막을 수 있을지도 몰라."

"아니면 죽든가."

"그럴 수도 있지. 하지만 해 봐야 해."

온딘 아주머니의 말이 떠오른다.

"검 끝에서 세계의 균형을 잡아야 할 때거든."

셰프가 나를 빤히 보더니 말한다.

"좋아, 그럼. 하지만 나도 같이 간다."

내가 반대하려는데 셰프가 막는다.

"세이디는 널 거기 혼자 보내지 않았을 거고, 나도 마찬가지야. 받아들여. 우린 저 참호로 함께 갈 거니까!"

나는 주먹을 날려 셰프를 기절시키고 갈까 생각한다. 아니, 그보다는 셰프가 내 뒤통수를 치기가 쉽다. 그리고 나는 죽으러 가는 길에 먼저 공격당할 기분은 아니다. 그래서 셰프를 말리는 것을 포기한다. 혼자가 아니라는 안도감이 드는 것이 미안하다.

"이 거래에서 내가 어떤 선택을 했는지는 안 묻네."

셰프가 어깨를 으쓱인다. 체스터필드를 한 개비 입에 물더니, 비가 오는 것을 잊고 불을 붙이려고 한다.

"옆에 있는 병사를 믿어야지. 그딴 걱정은 할 필요가 없어."

산꼭대기로 걸어갈 때도 여전히 비가 퍼붓는다. 굵은 빗방울이 돌바닥에 웅덩이를 만든다. 셰프는 헬파이터 군복을 입고 내 곁에서 불붙이지 못한 담배를 물고 있다. 그 편안한 미소에 이렇게 기쁜 적은 없다. 줄줄이 늘어선 클랜은 스크린에 시선을 꽂은 채, 넓은 통로를 올라 자기들 사이로 걸어가는 우리를 무시한다. 횃불을 든 쿠 클럭스 하나가 처음으로 우릴 본다. 놈이 인간의 입술을 뒤집더니 꽥

꽥거리기 시작한다. 도살자 클라이드의 설교가 연단에서 멈추고 허연 물결 전체가 하나의 거대한 동물처럼 우릴 향해 출렁인다.

우리는 악령의 무리에 걸어 들어온 유색인 여자 둘이라는 처지를 무시하고 계속 걷는다. 하지만 아무도 우릴 막으려 들지 않는다. 쿠 클럭스들도. 이상한 정도가 아니라 뭔가 잘못된 클랜도 마찬가지다. 잘못된 허연 얼굴들이 이룬 바다를 보니, 속이 뭉친다. 이곳에선 아직도 뭔가 알 수 없는 일이 벌어진다.

나는 그들에게서 연단으로 시선을 옮긴다.

도살자 클라이드가 비에 젖은 살갗을 불타는 십자가의 빛에 번쩍이며, 살덩어리 속에서 미소를 지으며 서 있다.

"마리즈! 안 오는 줄 알았다!"

거짓말이다. 그는 언제나 알고 있었다. 이 모든 일을 제 손으로 쓴 소설처럼 환히 알고 있다.

"이리 올라와! 때맞춰 왔구나. 하지만 너만 와라. 여분은 필요 없다!"

"같이 갈 거야!"

나는 셰프를 향해 고갯짓한다.

클라이드는 웃던 얼굴에 힘을 주지만, 손을 내젓는다.

"마음대로."

나와 셰프는 함께 연단 계단을 오른다. 생각해 보면 참 이상한 일이다. 우리 같은 사람들이 수백 명의 증오 가득한 얼굴 앞에 서다니, 장담컨대 이상하다. 쿠 클럭스 몇몇은 입을 벌리고 빗물을 마시고 클랜은 모두 잘못된 얼굴을 하고 있다. 등 뒤에서 영화는 실물보다 훨씬 큰 모습으로 상영되고, 성스럽지 못한 십자가의 불꽃이 내 영혼을 핥아 대는 가운데, 나는 도살자 클라이드를 다시 마주한다. 그때 내 눈길이 연단의 다른 이들에게 닿는다. 한 줄로 선, 유색인 여섯 명. 단번에 내가 찾는 사람을 발견한다.

"마이클 조지!"

내가 부른다. 하지만 그는 대답하지도, 돌아보지도 않는다.

"아, 네 남자는 네 소리를 듣지 못한다. 아무도 못 들어."

도살자 클라이드가 걸어가 마이클 조지 머리에서 포대를 벗기자 그 낯익은 아름다운 얼굴이 무사한 것을 보고 안도감과 고통이 함께 느껴진다. 다만……

"저 사람 눈을 어떻게 한 거지?"

"아, 그거?"

도살자 클라이드가 마이클 조지의 멍한 얼굴 앞에 한 손을 흔든다. 마이클 조지는 움츠리지 않는다. 빗물이 검은 피부를 흘러내리는 사이, 그저 동공도 아무것도 없는 흰자 위만으로 멍하니 바라볼 뿐이다.

"초조해하지 마. 잠든 거랑 비슷하니까. 걱정할 것 없다. 우리에게 제대로 하면 이자는 멀쩡히 돌려주겠다. 다른 자들은…… 음, 그녀가 나타나면 굉장히 시장할 테니까."

그녀. 그 위대한 키클롭스란 것.

***

손을 뻗어 만지고, 안고 싶은 간절한 마음으로 마이클 조지의 멍한 얼굴을 바라본다. 하지만 도살자 클라이드가 원하는 것이 바로 그거다. 내 고통을 보고 신이 나서 웃는 것을 보면 알 수 있다. 나는 분노를 누르려고 주먹을 꽉 쥐고 군중을 향한다.

"그럼 이건가? 이 재연을 보라고 날 부른 거야?"

도살자 클라이드의 입이 잭 오 랜턴[31]처럼 쭉 벌어진다. 그러자 나는 그가 사람 연기를 한다는 사실을 기억한다.

"위대한 계획을 지켜보라고 널 불렀지."

"네 위대한 계획에 대해 내가 지난번에 뭐라고 했지?"

---

31 핼러윈 때 호박의 속을 파고 구멍을 뚫은 얼굴 형태의 유령으로 잘 알려져 있다.

그 말에 클라이드가 껄껄 웃는다.

"정확히 '위대한 계획은 지랄'이었던 걸로 기억한다. 하지만 네가 맡을 역할을 말하지 않았지. 알고 싶나? 우린 네 역할을 아주 오래 계획했다."

내가 대답하지 않자 그가 계속 말한다.

"너도 알다시피, 네가 증오라고 부르는 것은 우리의 전문 분야다. 네 족속에게 그건 감정에 불과하지. 너희들이 온갖 아름다운 폭력을 저지르게 몰아가는, 눈 뒤에서 번득이는 화 말이야. 하지만 우리에게 그 감정은 그 자체로 힘이 있다. 우린 그걸 먹고 살아. 생명처럼 소중히 여기지."

그는 모인 클랜을 본다.

"저 기분 좋은 증오를 봐라. 우리가 심은 게 아니라, 늘 저들 안에서 자라고 있다. 조금만 격려하면 꽃을 피우지. 영화 필름 몇 개만 보여 주면 하나로 뭉쳐 열심히 우릴 찾아온다. 그런데 그 증오가 지속적이긴 하지만, 아주…… 강하진 않아."

나는 한쪽 눈썹을 치켜뜬다. 이 클랜들은 충분히 증오할 줄 아는 것 같은데.

"보다시피, 저들이 내놓는 증오는 분별이 없다. 그들은 이미 힘을 가졌다. 그렇지만 자신들이 통제하는 상대, 자신들에게 별 위협이 안 되는 존재를 증오한다. 저들의 공포는 현실이 아니다. 그저 불안과 무능일 뿐이지. 저들도 마음속으로는 알고 있다. 저들의 증오는…… 물 탄 위스키 같다. 그런데 너희들은!"

그는 눈을 밝히며 다가온다.

"너희 모두는 증오할 이유가 충분하다. 너와 너희 족속에게 가해진 온갖 악행은? 채찍질당하고 얻어맞고, 사냥당하고 개에게 쫓기고, 저들 손에 그토록 지독하게 고통당한 민족. 너희는 저들을 경멸할 이유가 충분하다. 수백 년간 타락한 저들을 혐오할 이유가. 그 증오는 너무나 순수하고, 너무나 확실하고 올바르며, 너무나도 강할 것이다!"

그러면서 마치 달콤하기 짝이 없는 포도주를 상상하는 것처럼 몸을 부르르 떤다.

"그게 나랑 무슨 상관이지?"

"오, 마리즈, 네가 최고 후보라고!"

무슨 소린지 알 수 없어하는 내 표정에 그의 입은 불가능할 정도로 찢어진다.

"널 지켜봤다고 했잖나. 우린 그 침입자들이 우릴 상대로 시시한 마법을 쓸 투사를 정하리란 걸 알고 있었어. 전에도 그랬던 것처럼 말이지. 하지만 우리가 그 선택을 인도

할 수 있다면? 그들의 투사와 싸우는 대신, 그 투사를 우리가 원하는 대로 만들어 낼 수 있었다. 상처란 무엇인지 알게 하고. 그 상처가 곪게 하고. 그래서 마음속 깊이 작은 증오의 씨앗을 품고 있도록. 그런 다음 우리는 그 씨앗을 키운다. 우리의 개를 이용해 그 씨앗에 물을 주고. 그 투사가 그 개들을 사냥하고, 죽이고, 즐기게 하는 거야. 넌 그걸 즐기지, 그렇지? 뭐, 그 증오는 튼튼하고 강해질 때까지 자라 추수 때를, 네가 이용할 때를 기다릴 것이다."

나는 화가 치밀어 목소리가 떨린다.

"지금 와서 제안을 하겠다고?"

"과연 그렇지."

그가 가르릉거린다.

"아, 필요 없어, 그게 뭔지 아니까! 그리고 난 그런 건 원하지 않아! 네게서는!"

그러자 그가 이상한 표정으로 나를 본다. 내 몸의 열기가 솟구친다.

"내 가족을 살려 주겠다는 거지? 생사에 대한 통제라고 했잖아. 내가 무엇보다 원하는 걸 준다고. 그런 제안을 하면 내가 편을 바꿀 거라고 생각해? 네 편이 될 거라고? 그런 짓을 하고선?"

도살자 클라이드가 아무 말도 하지 않는다. 드문 일이다. 들리는 건 화가 나서 씩씩대는 내 숨소리와 쏟아지는 빗소리뿐이다. 그리고 그는 뜻밖의 행동을 한다. 웃는 것이다. 정말로 크게. 배를 부여잡고, 허벅지를 치면서. 숨어 있는 입들도 전부 웃는 모습이 상상된다. 그가 나를 올려다보며 눈물인지 빗물인지를 닦아 낸다.

"오, 마리즈, 상상력 대단한걸! 네 가족을 되살려 낸다고? 그게 우리 제안이라고 생각한 거야? 그걸 바랐어? 우린 네 가족을 되살릴 수 없다."

그의 웃음이 뚝 끊어지더니 냉정하고 진지해진다.

"네 가족은 죽어 없어졌어. 영원히."

그 말이 내 마음속 깊숙이 가르고 들어오며 상처를 낸다. 언어가 그런 상처를 줄 수 있을 줄이야. 부끄러워 뺨이 달아오른다. 그의 말이 옳다. 나는 그 제안을 받아들이지 않으려고 아득바득 싸우면서도 그것을 바라고 갈구했다. 그런 일이 적어도 가능하기를 바랐다. 기회가 있다는 것을 알고 싶었다.

"아니, 마리즈. 넌 착각했다. 있잖아, 우린 네가 편을 바꾸길 바라는 게 아니다. 우리가 네게 넘어가겠다는 거지."

그 말이 머릿속의 생각을 쫓아내 버려, 나는 눈만 깜빡인다.

"뭐?"

그는 회색 눈동자로 뚫어져라 응시한다.

"우리의 투사가 되라, 마리즈. 우리 군대를 이끌어. 네 민족에게 부족한 것 하나를 선사해라……."

"증오 말이야?"

내가 말을 가로챈다.

"권력."

정정하는 그의 목소리에 긴장이 느껴진다.

"그동안 계속 말했잖나. 네가 우리에게 네 동족의 정당한 증오심을 주면 우린 네게 권력을 주겠다. 다시는 두려움이 필요하지 않을 정도의 힘. 너희 스스로를 지키고 적을 무찌르고, 그들이 진정한 두려움을 느끼며 엎드려 떨게 할 정도의 힘. 그 온갖 악행에 보복할 힘. 너와 너의 적들의 삶과 죽음을 좌우할 힘을!"

나는 말문이 막혀 멍하니 바라본다. 나온 것이다. 제안이. 전혀 예상 못 했던 제안이.

"저들은 어쩌고?"

나는 모인 클랜을 가리킨다.

"그들은 이미 제 목적을 다했다."

"그럼 위대한 키클롭스란 건? 네가 편을 바꿔도 그녀는 괜찮아?"

도살자 클라이드의 얼굴에 미소가 되돌아온다.

"이게 누구의 위대한 계획 같나?"

"난 여기 그녀를 막으러 왔어. 이 세계에 오는 걸 막으러!"

내 말에 도살자 클라이드가 다시 웃는다.

"막아? 하지만, 마리즈, 키클롭스는 이미 와 있다!"

그가 모인 클랜을 향해 한 팔을 치켜들자, 나는 무슨 뜻인지도 모르고 눈으로 좇는다. 그 순간 그것이 다시 눈에 들어온다. 그 얼굴들의 잘못된 느낌. 호출에 응하듯 앞줄의 하나가 빗물이 줄줄 흐르는 얼굴로 멍하니 앞을 보며 걸어 나온다. 그리고 온몸에 경련을 일으키며 떨기 시작하더니 털썩 쓰러진다.

셰프가 옆에서 욕하는 소리가 들리지만, 내 시선은 그 클랜, 혹은 그 시체에 꽂혀 있다. 그의 흰 로브가 젖은 땅에 놓여 있고, 그 안에서 모양도 형체도 없는 피투성이 살 같은 것이 흘러나온다. 몸뚱이를 뒤집어 놓은 것처럼. 그것이 젖은 돌바닥을 기어가는데, 또 하나의 클랜이 앞으로 나와 똑같이 되고, 그다음, 그다음 계속되니……

"저들에게 무슨 짓을 한 거야?"

나는 구역질을 참으며 묻는다.

"뭐, 욕심내는 자양분을 준 것뿐이다. 이건 저들 스스로 기꺼이 저지른 짓이야. 이미 말했잖나. 저들은 우리에게 고기일 뿐이라고."

고기. 그가 가게에서 저들에게 먹인 것이다. 살아 있는 살덩이.

흘러나온 살덩이가 불붙은 십자가를 향해 흘러간다. 살덩이가 불붙은 나무를 감싸며 올라가자 지독한 악취가 내 코를 찌른다. 곧 그것들이 위로 포개지더니 꺼지지 않는 지옥불의 열기 속에서 십자가와 서로에게 들러붙는다. 거대한 손이 그 살덩이를 진흙처럼 뼈대에 쌓고 당기고 다져 조각하는 것 같다. 기다란 팔다리, 바닥에 죽 뻗은 몸통이 구불거리며 시시각각 자라는 듯하다. 달려드는 클랜은 쓰러지지도 않는다. 살아 있는 살점의 벽으로 그냥 걸어와 통째로 빨려든다. 거기서 몸뚱이는 녹아들어 얼굴만 남고, 영원히 비명을 지르는 것처럼 입을 쩍 벌린다. 그 과정이 마침내 끝나자, 나는 고개를 젖히고 이날 밤 생겨난 괴물을 바라본다. 하늘이 우는 것처럼 빗물이 내 얼굴을 적신다.

위대한 키클롭스는 내 평생 처음 보는 모습이다. 길게

구불거리는 뱀을 닮았다. 하지만 거기에는 팔도 달려 있다. 두툼한 몸통이 갈라져 구불거리고 꿈틀거리는 촉수가 된다. 그녀는 온통 사람들로 만들어졌다. 사람들의 살이 얽혀 그녀에게 봉사하며 그녀를 이 세상에 전달하는 도구가 된다. 그 지독한 몸통 전체에서 입들이 지르는 탄생과 승리의 비명에 나는 뼛속까지 떨린다.

"아름답지 않나?"

도살자 클라이드가 유령을 잡은 듯한 표정으로 묻는다.

위대한 키클롭스의 입들이 모두 벌어지더니 다시 비명을 지른다. 아니, 비명만이 아니다. 끔찍한 목소리를 모아 말도 하고 있다.

우리는 우리 것을 가지러 왔다. 이 세상을. 우리 투사를 내놓아라. 우리에게 보여라!

"널 만나고 싶단다, 마리즈!"

그 말이 떨어지자마자 위대한 키클롭스가 목을 숙여 머리가 있어야 할 뭉툭한 끝이 내 위로 내려온다. 흔들리는 살 속에서 백 개의 눈이 열리자 하나같이 너무나 인간의 눈이다. 그것들은 진흙탕에서 헤엄치는 올챙이처럼 그 몸뚱이에서 꿈틀대며 뭉툭한 끝에 닿아 커다란 덩어리를 이루며 내게 초점을 맞춘다.

우리의 선물을, 우리의 축복을 받을 자를 보라.

위대한 키클롭스가 팔을, 비틀거리는 촉수를 벌려 나를 감쌌다. 사람 손가락 같은 것들이 촉수에서 생겨나자, 끈적이고 축축한 것이 내 옷과 살갗을 만지고 더듬고 재는 것이 느껴진다. 전날 밤 인간의 손을 가진 거대한 지네에게서 비슷한 짓을 당하지 않았다면, 나는 그때 그 자리에서 기절했을 것이다.

그래! 오, 이거다! 동족의 분노를 품은 아이. 순수하고 그대로인 분노를. 이걸로 많은 일을 할 수 있겠다. 널 위해 많은 것을 할 수 있겠어!

"좋다고만 하면 된다, 마리즈. 이 선물을 받아라!"

도살자 클라이드가 다그친다.

거절하는 것은 어려울 것 없다. 그래서 이 괴물들을 지옥 너머로 보내 버리는 것은.

하지만…… 도살자 클라이드의 말이 머릿속에 박혀 떨쳐 낼 수가 없다. 그들이 내게 준다는 것은 권력이다. 지킬 힘. 복수할 힘. 내 동족의 생사를 좌우할 힘. 유색인들이 이런 제안을 받아 본 적 있을까? 우리에게 두려워하지 않을 수 있는 힘이 언제 있었을까? 우리는 그동안 내내, 인간의 꼴을 한 괴물의 손에 고통당하고 죽어 나가지 않았는가?

우리가 다른 괴물과 계약을 맺는다면 뭐가 다를까? 우리를 그렇게 경멸하고 괴롭힌 이 세상을 위해 우리가 지켜야 할 의무가 있을까? 세상이 우리를 구하려고 무엇 하나 해준 것 없는데, 어째서 손을 들어 그 세상을 구해야 할까?

위대한 키클롭스가 노래한다.

진리에 아주 가까워졌구나. 네 분노를 넘겨라. 우리가 그것을 어떻게 휘두르는지 보여 주마. 어떻게 강해지는지 보여 주마. 적을 두려워하지 않고, 자비심 없이. 분노로부터 달아나지 마라. 그것을 포용해라. 증오가 만든 증오에 비난받아야 할 자는 누군가?

분노의 열기가 달아올라, 불이 붙을 것 같다. 머릿속에 그동안 본 광경이 전부 떠오른다. 나처럼 생긴 남자, 여자, 아이들이 매 맞고, 사슬에 묶여 뼈가 드러날 때까지 채찍질당한다. 너무 아파 영혼이 비명을 지를 때까지. 이래서 그들이 날 선택한 것이다. 나는 내 눈으로 본 광경에 대한 분노만 품은 것이 아니라, 수백 년의 분노가 내 속에서 자라고 있으니까. 온딘 아주머니가 두려워하는 것이 당연하다. 내게 검을 줌으로써 그들은 나를, 내가 맞서 싸워야 하는 적으로 만들었다.

오빠의 목소리가 마치 내 귓속에서 말하는 느낌이 들 정도로 너무 세게 들린다.

이제 조심해, 토끼 형제. 우린 사기꾼이야. 거미와 토끼, 여우까지도. 우린 우리보다 강한 상대를 속이지. 그렇게 살아남는 거야. 너도 속아 넘어가지 않게 조심하라고!

오빠 목소리에 이어 다른 목소리가 들린다.

그들은 우리가 상처 받는 곳을 좋아한다고. 그들은 그걸 이용해서 우릴 괴롭혀.

그 소녀, 꿈속에서 본 내 다른 자아의 말이 문득 이해된다. 우리가 상처 받는 곳. 우리가 상처 받는 곳. 나뿐만 아니라, 우리 모두, 우리와 함께 상처를 갖고 살아가는 온 세상의 유색인. 가끔은 모두에게 내보이기도 하지만 언제나 깊은 곳에 훨씬 더 많은 상처를 묻어 감춘 이들. 나는 온갖 환영과 함께 들려오는 노래를 기억한다. 상처로 가득한 노래. 슬픔과 눈물의 노래. 욱신거리는 노래. 응당한 분노와 정의를 부르짖는 외침.

하지만 증오는 아니다.

그건 같지 않다. 같은 적 없었다. 이 괴물들은 그것을 왜곡하려 든다. 제 이익을 위해 그걸 바꾸려 든다. 저들이 하는 짓이니까. 우리가 자신을 잊을 만큼 완전히 비틀어 버리는 것. 우릴 그들과 같은 존재로 만드는 것. 다만 나는 잊을 수 없다. 그 모든 기억이 나와 함께하며 길을 알려 주니까.

미소를 짓고 마음을 정화하는 심호흡을 하니 살갗 아래 타오르던 불길이 식는다. 이것이 나의 시험이다. 그리고 나는 방금 통과했다고 생각한다. 도살자 클라이드를 본다.

"오늘 밤엔 전부 다 고기일 뿐이라고 했지."

그도 지금만큼은 당황한 눈치다. 나는 그 순간을 즐긴다.

"이 클랜을 고기라고 불렀잖아."

"우리가 제대로……"

"처음엔 네 가게에서 우리가 모두 고기라고 했지. 피부색이 어떻든지. 여기 모두 모인 건 너희들이 써먹기 위해서라고 했고."

나는 쿠 클럭스를 향해 고갯짓한다.

"저들에게 한 짓을 우리에게도 할 거지. 내가 네게 기회를 준다면. 맞나?"

그는 대답 없이 잭 오 랜턴처럼 웃기만 한다. 하지만 그걸로 충분히 알 수 있다. 나는 마주 보고 웃으며 손을 내리고 검을 부른다.

환영이 휘몰아친다. 그렇지만 나를 잡아끌던, 겁에 질린 여자아이는 없다. 그리고 공포를 정복하면서 내가 수문이라도 연 것 같다. 이제 나오는 영혼은 서넛이 아니라 수백

이다. 아니, 수천의 영혼이 검에게 달려들며 생전에 부르던 노래를 쏟아 내자 그 힘이 검을 통해 내게 밀려든다. 북소리와 고함, 비명, 울고 우는 소리, 아우성과 박자를 맞춘 노래, 길고 날카로운 신음. 대서양의 바다 묘지로부터 질척이는 논과 목화 농장까지, 숨 막히게 깊은 금광, 사람들의 진을 빼고 채찍과 사슬과 차꼬로 괴롭히던 사탕수수 농장의 들척지근한 냄새. 그 모든 것들로부터 솟아나는 끝없는 기억. 나는 그 노래와 기억이 일으키는 소용돌이에 휘말려 함께 노래하며 내 고통을 흩뿌린다. 묶인 추장과 왕 무리가 우리의 외침을 듣고 고함을 질러 옛 신들을 일으키고, 기다리던 내 손아귀에 서늘한 은제 자루가 미끄러져 들어오며 검은 연기가 날카로운 잎사귀 날로 변한다. 근처 어딘가에서 도살자 클라이드가 목이 막혀 컥컥거리는 소리가 들린다.

"우리가 널 부렀는데!"

나를 두고 하는 말인지, 검을 두고 하는 말인지 모르겠다. 아마 둘 다겠지.

나는 셰프에게 윙크하고 아직도 주위에서 촉수를 꿈틀거리는 위대한 키클롭스를 다시 마주한다.

이게 뭐지? 무슨 일인가?

"진실과 거짓말 이야기 못 들어 봤어? 재미있는 부분 먼저 알려 줄게. 네가 거짓말이야."

나는 검을 불러내 양손으로 쥐고 괴물의 뭉툭한 머리에 모인 눈을 향해 찔러 넣는다. 검날이 빛을 발하며 닿는 것을 전부 태운다. 하얀 불길이 거대한 몸통을 찌르며 번득이는 살갗 아래 비치고 수백 개의 입이 괴로움에 비명을 지르면 그 벌어진 입에서 불길이 솟아나자, 위대한 키클롭스는 부르르 떤다. 산꼭대기 너머에서 쿠 클럭스들도 같은 고통을 느끼는 것처럼 비명을 지른다. 좋다! 그녀가 긴 목을 젖히고 피와 불에 탄 살이 튀는 순간 나는 검을 뽑아낸다.

"내 말이 그거야!"

셰프가 환호하며 재킷에서 병 두 개를 꺼내 안에 든 용액이 밝게 빛나도록 흔든다. 몰리의 도움을 받아 만든 특수 화염병. 폭약과 순수한 어머니의 물을 섞은 것이다. 셰프는 달려 나가 위대한 키클롭스의 몸통에서 비명을 지르며 불길을 뿜는 입에 한 병을 던져 넣고 또 하나의 입에 다른 병을 던져 넣는다. 연단에 내려선 셰프의 뒤를 나도 따르고 그 순간 폭약이 터진다. 괴물의 몸에 큰 구멍이 나자, 무너질 거라고 생각한다. 하지만 그녀는 산꼭대기를 뒤흔드는 함성을 지른다. 그러자 알게 된다. 화염병을 그녀를 미치게 한 것뿐임을.

일어나다가 보니, 클랜이 달리며 스쳐 지나간다. 저 밑에서 클랜들이 몰려들어 연단을 오른다. 하지만 나나 셰프를 향해 오는 것이 아니다. 위대한 키클롭스를 향해, 그 살덩이에 빨려들어 제 몸뚱이로 상처를 낫게 하려고 달려오는 것이다.

"젠장!"

날아온 촉수에 정통으로 맞고 날아가느라 셰프는 그 이상의 말을 하지 못한다. 셰프가 밤하늘을 향해 회전하며 날아가는 모습에 나는 비명을 지른다. 그러자 촉수가 엄청나게 쏟아지며 영화 스크린을 반으로 찢고 연단을 두드려 나와 아래 있던 자들은 모두 나무 조각 세례를 받는다.

세상이 빙빙 돌기를 영원히 계속하더니 멈춘다. 나는 떨어져 온몸에 멍이 든 채, 잔해 밑에서 기어 나온다. 모자가 없어져 눈에 들어오는 빗물을 깜빡이며 셰프를 찾는다. 마이클 조지도 여기 있을 것이다. 일어서니 위대한 키클롭스가 어마어마한 높이로 서서 기다리고 있다. 스크린이 갈기갈기 찢어지고 나니 영화가 그녀 몸뚱이에 반사된다. 반투명한 살갗에 유령 같은 클랜들이 말을 탄 영상이 지나간다. 그녀는 허리를 숙이고 분노로 이글거리는 끝없는 눈알

덩어리로 노려본다. 아니, 그건 증오다.

우리를 거부하다니! 우리를 다치게 하다니! 우리가 널 이 세상에서 치워 버리겠다!

나는 천천히 숨을 고른다.

"음. 너무 오래 걸리진 마."

하지만 그 눈 덩어리는 날 보는 게 아니다. 다른 것이 그들의 시선을 끌었다. 돌아보니 홀연히 옆걸음으로 등장하는 인물이 있다. 종이처럼 납작하던 몸이 새하얀 정장을 입고 세트인 중산모를 삐딱하게 쓴 갈색 피부의 남자로 부풀어 오른다.

비셋 박사다.

"늦었네."

주석7

링컨 대통령이 노예를 해방시키자 쩨쩨한 노예 주들은 노예들에게 그 사실을 알리고 싶지 않았지. 하지만 노예들은 저마다 아는 방법이 있었어. 존이라는 노예는 주방에서 자랐지만 안주인이 아이들 가르치는 것을 보고 몰래 글을 배웠어. 그가 노예 해방에 관한 편지를 가지고 왔고 오두막의 모두가 모여 그가 읽는 내용을 들었지. 그래서 우리는 이 샤우트를 '읽어라 존, 읽어'라고 불러. 존이 자유에 관한 소식을 전한 날을 기념해서!

— 월 아저씨(67세)와의 인터뷰,
걸러어를 에마 크라우스가 옮겨 적음.

9장

비셋 박사는 눈가리개를 하고서 하나도 젖지 않은 채 서
있다. 비가 그를 건드리기 두려운 모양이다.

"우리에겐 이른 것도 늦은 것도 없다. 시간문제일 뿐."

비셋 박사는 그놈의 유령들과 확실히 너무 오래 있었다.
참, 우리라고?

죽은 천사 참나무가 그의 바로 뒤에 쑥 등장하더니 산
꼭대기를 가로질러 사방으로 나뭇가지를 뻗는다. 그 주위
에 대여섯 명이 서는데, 역시 비에 젖지도 않고 인간이라기
에는 키가 너무 크며, 얼굴 대신 주름진 피부를 지녔다.

나이트 닥터다.

위대한 키클롭스가 함성을 지르며 나를 지나쳐, 숱한 입

에 이빨을 드러내면서 이 위협을 맞이하러 간다. 나이트 닥터 하나는 팔을 들어 구부러진 갈고리가 달린 허연 사슬을 던진다. 그것이 키클롭스의 몸통에 파고들며 당긴다. 키클롭스는 두터운 촉수를 휘둘러 나이트 닥터를 납작하게 짓누르고 돌덩이를 내뱉는다. 두 번째 촉수가 나이트 닥터를 하나 더 짓누른다. 그녀가 그들을 전부 죽일 거라 생각하니 나는 가슴이 철렁한다. 하지만 두 나이트 닥터는 촉수 밑에서 미끄러져 나오더니 멀쩡하게 일어선다! 아주 쉽게! 그들이 팔을 들어 새 사슬을 던지자 갈고리 하나는 위대한 키클롭스의 목에, 또 하나는 으르렁대는 입에 걸린다. 사슬이 더 날아와 그녀의 괴물 같은 몸통을 파고든다. 사슬을 타고 희미하게 빛나는 무엇인가가 나이트 닥터들에게 타고 내리자, 그들의 주름진 얼굴이 떨린다. 그들이 위대한 키클롭스를 먹어 치우는 것이다. 그녀의 증오를, 그녀를 만들어 낸 모든 이들의 증오를 먹어 치운다. 아주 찌르는 듯 아픈 것이 분명하다. 입들이 전부 비명을 지르니까. 이제는 분노가 아니라 고통 때문에 비명을 지른다. 그리고 공포 때문에.

위대한 키클롭스는 벗어나려고 물러선다. 하지만 나이트 닥터들은 이미 사슬을 어깨에 걸머지고 돌아선 뒤다. 쿠 클럭스들이 인간의 껍데기를 벗어 던지고 신을 보호하러 달려간다. 하지만 나이트 닥터들은 한 손으로 그들을 쫓아내거나 닭 모가지 비틀듯 그들의 목을 부러뜨린다. 그 무시무시한 자들은 걸음을 멈추지 않고 하나씩 죽은 천사 참나무로 걸어 들어간다. 위대한 키클롭스도 물고기처럼 잡혀 끌려간다. 풀려나려고 버둥거리며. 수십 개의 인간 손이 그 몸뚱이에서 튀어나와 닥치는 대로 잡으려고 한다. 하지만 매끈한 산꼭대기라 퉁퉁한 손가락은 돌과 빗물만 스치고 지나갈 뿐이다.

위대한 키클롭스가 나무에 닿자, 허연 몸통이 아가리처럼 벌어진다. 위대한 키클롭스의 촉수들이 나뭇가지를 향해 날아가 가지를 뜯어내려고 버둥거리며 무섭게 비명을 질러 댄다. 하지만 소용없다. 죽은 나무가 위대한 키클롭스를 삼켜 버리고, 해부실이 기다린다. 그녀가 그렇게 사라지지는 않을 것 같다. 나는 숨을 죽이고 셰프의 노래를 속삭인다.

나이트 닥터스, 나이트 닥터스
넌 울며 버틸 수 있어.
하지만 그들이 해부를 하면
넌 하나도 남김없이 사라져.

"계약은 지켰다."

비셋 박사의 목소리가 들린다. 그리고 잠시 침묵이 흐른다.

"왼쪽."

경고는 그뿐인데 은빛 칼날이 내 목을 향한다. 나는 놀라 뒤로 물러서며 검으로 막는다. 도살자 클라이드. 그가 본모습을 하고 있다. 눈들이 이빨이 에워싼 구멍으로 바뀌었고, 젖은 로브 밑의 입들은 울부짖으며 분노를 토하고 있다.

"넌 우릴 배신했어! 우리 계획을 망쳤다!"

그는 너무 화가 난 나머지 제대로 싸운다기보다는 칼로 후드려 패듯이 공격해 댄다. 하지만 힘이 아주 강해 내 검에서 눈부신 불꽃이 튄다.

"널 죽일 테다! 그리고 먹을 거다! 고기로 만들어 주마!"

그의 몸속 깊은 곳에서 우르릉거리는 소리가 들려오고, 로브 앞섶이 갈가리 찢어지며 배가 있어야 하는 자리에 쩍 벌어진 입이 드러난다. 내 꿈에서 본 것과 같다! 입이 벌어지자 바늘같이 늘어선 이빨과 길고 날름거리는 혀가 보인다. 그 역겨운 혀가 나를 향해 튀어나오기에 싹둑 잘라 버리자, 빗속에서 팔딱인다. 그러길 기다렸다. 그는 비명을 지르며 비틀거리더니 입을 벌리고 노래하면서 내게 다시 다가온다.

술집에서 보낸 밤과 같다. 제대로 맞추지도 않고, 박자도 없는 불협화음이다. 음악을 해체하기 위해 만들어진 소리 같다. 전처럼 그 소리가 나의 균형을 무너뜨리려고 하고, 나는 발을 헛디뎌 쓰러지려 한다. 하지만 아니다! 내게도 노래가 있다! 나는 검에 귀를 기울이고, 그 노랫소리가 나를 채우게 한다. 잠시 그 둘이 싸우는 것 같다. 내 노래와 그의 고르지 못한 합창이. 하지만 사실 싸움도 안 된다. 내가 지닌 것은 투쟁과 맹렬한 사랑에서 영감을 받은 아름다운 음악이다. 그가 지닌 것은 증오에 찬 소음에 불과하다. 그것에는 영혼의 흔적도 없다. 간을 하지 않은 고기처럼. 내 노래가 그 헛소리에 부딪혀 잠재우는 동시에 내 검이 그의 팔을 잘라 낸다. 그가 자빠지자 나는 검을 깊이 찔러 한쪽 무릎 아래 모든 것을 썰어 낸다.

도살자 클라이드가 쓰러질 때 나는 다가가 그가 일어나려고 버둥거리는 꼴을 지켜본다. 비셋 박사가 옆에 나타나 바닥에 쓰러진 것을 흥미롭게 관찰한다. 나는 허리를 숙이고 쓸모없이 내게 휘두르는 칼을 쉽게 피한다. 도살자 클라이드의 입들이 쉿소리를 내지만, 나는 그의 고기를 향해, 그의 거짓말을 향해 검을 휘두르고 내 머릿속에는 아름다운 노래만 남는다. 절반쯤 잘라 내자 몸뚱이 전체가 갈라진다. 살점 조각이 꿈틀거리며 산꼭대기를 기어 벗어난다. 부서진 집에서 탈출하는 벌레 꼴이다.

하지만 비셋 박사가 아직 떠나지 않았다. 흐릿해진 모습으로 동시에 모든 곳에 존재한다. 그가 그 살점 조각을 전부 주워 하얀 의료용 가방 같은 곳에 넣는다. 그가 일을 마치자 가방의 크기는 변함없지만 그 안에 든 것들이 비명을 지르며 벗어나려고 해 불룩거린다. 그가 끄덕이는 곳을 보니 멀리서 작고 검은 형체가 아래 숲으로 달아나고 있다. 붉은 머리를 보니 도살자 클라이드의 머리인데, 튜브 같은 다리가 달려 있다. 나는 재빨리 그것을 잡아 이마를 발로 찍어 누른다. 내 부츠 뒤꿈치 밑에서, 눈이 있어야 하는 자리의 입 둘이 날카로운 이빨을 드러낸다.

"언젠가는 내가 널 조각낸다고 하지 않았나?"

그가 다른 입을 벌려 으르렁거리려 하자 나는 검을 찔러 넣는다. 검의 날이 뜨거워지자 비명이 흘러나오며 도살자 클라이드의 머리에서 연기가 피어오르고 속은 검게 탄다. 조용해지고 남은 잿더미가 빗물에 씻겨 사라질 때까지 나는 검을 뽑지 않는다.

"아깝군. 그 표본을 관찰하고 싶었는데."

비셋 박사가 그렇게 말하자 나는 그의 가방을 보며 묻는다.

"그걸로 충분하지 않아?"

그는 중산모를 까닥이며 대답하고는 죽은 천사 참나무를 향해 걸어간다.

"주인들은 어떻게 설득했어? 돕겠다고."

그가 뒤를 돌아본다.

"말했잖나. 그들이 네게 흥미를 느낀다고. 그들이 널……지켜볼 거다."

그건, 조금도 반갑지 않다.

비셋 박사는 다시 출발하더니 죽은 천사 참나무에 닿자 몸을 옆으로 돌려 다시 종잇장처럼 납작해진다. 그리고 그와 나무는 밤하늘에서 사라진다. 그 엄청난 일이 아무렇지 않게 일어나 버리자 나는 무릎에 힘이 빠져 주저앉을 것 같다. 그 순간 머리에 떠오르는 게 있다.

셰프! 마이클 조지!

잔해를 좀 파내고서야 그들을 발견한다. 먼저 셰프부터. 셰프는 머리를 심하게 부딪쳤다. 정신을 잃었지만 숨은 계속 쉰다. 여자 둘을 더 찾아내고 마이클 조지를 발견한다. 타박상을 좀 입었지만 살아 있다. 눈은 여전히 흰 대리석처럼 돌아가 있지만. 나는 얼굴에 비를 맞으며 하늘을 올려다본다. 위대한 키클롭스는 사라지고 없다. 도살자 클라이드도. 하지만 끝났다는 느낌은 아니다. 그제야 깨닫는다. 우리만 있는 것이 아님을.

돌아보니 쿠 클럭스 한 무리가 있다. 위대한 키클롭스에게 몸을 내주지 않은 클랜들은 여전히 남은 스크린에 집중하고 있다. 하지만 사람의 얼굴 뒤에 숨은 괴물들은 여전히 쏟아지는 빗속에서 나를 멍하니 보고 있다. 도살자 클라이드가 그들을 무엇이라고 불렀는지 기억난다. 개라고. 이제는 주인이 사라진 개들이다.

앞줄의 하나가 으르렁거리며 들고 있던 횃불을 내던지고 쿠 클럭스로 변한다. 뒤에 있던 것들도 따라 변한다. 순식간에 모두 변했다. 백, 혹은 그 이상의 쿠 클럭스가 으르렁거리며 광란을 일으킨다. 검을 들자 놈들은 미처 전부 달려온다. 놈들의 허연 시체 아래 우리를 파묻을 계획이라는 듯이.

하지만 불현듯 외침이 들려 빗속을 내다보니 엄청난 광경이 있다.

산꼭대기를 가로질러 에마 크라우스와 동지들이 돌진하고 있다. 몰리의 조수들인 시티와 세라가 옆에서 따른다.

그리고 뒤에는 나머지가 군복을 입고 총검 달린 라이플을 든 참전용사들의 지휘 아래 달려온다. 맨 앞에는 건장한 유색인 남자가 있다. 잠자코 우리 신호를 기다리라고 했는데. 방금 일어난 일들을 보고 달려 나온 모양이다. 참전용사들은 속보로 물을 튀기며, 함성을 지르며 에마와 조수들을 제치며 움직인다. 시티와 세라만 그들의 속도에 맞추어 함께 쿠 클럭스와 맞붙는다.

참전용사들은 흐트러짐 없이 쿠 클럭스를 쓰러뜨리고 총검으로 찌른다. 시티와 세라는 오른쪽, 왼쪽에서 쿠 클럭스를 향해 총을 쏘고 커다란 은빛 칼을 휘두른다. 하나가 너무 가까이 다가오더니 목에 칼을 맞고 눈에는 총알구멍이 뚫린다. 그곳에서 에마는 거의 세이디만큼이나 맹렬하게 샷건을 쏴 댄다. 에마는 쿠 클럭스 하나에 구멍을 내고 휙 돌아 또 하나의 다리를 명중시켜 잘라 낸다. 놈이 쓰러지자 군인들의 은빛 총검이 살을 찌른다. 버려진 횃불이 찢어진 로브와 연단 조각에 붙어 작고 부자연스러운 모닥불이 생겨나며 산꼭대기가 마치 전쟁터를 그린 그림처럼 변한다. 그 싸움에 드디어 클랜 몇몇이 정신을 차린다. 그들은 멍한 표정으로 휘청거리더니 점점 커지는 전투에서 뒷걸음질 친다.

나, 나는 숨 돌릴 틈이 없다. 사방에서 쿠 클럭스들이 몰려든다. 노래하는 검을 휘둘러 내게로 뻗는 손을 끊어 내고 옆구리를 가른다. 셰프와 마이클 조지가 아직 내 발치에 쓰러져 있으니, 놈들이 다가오지 못하게 하기 위해선 무슨 짓이라도 한다. 한두 놈을 맞붙여 놓으면 놈들은 서로 할퀴기 시작한다. 사방에서 총알이 날아온다. 남녀가 비명을 지른다. 그리고 쿠 클럭스들은 쓰러진다.

하지만 그들뿐만이 아니다.

사람들도 쓰러진다. 건장한 참전용사는 총검으로 찌르면서도 쿠 클럭스에게 잡혀 쓰러진다. 에마의 동지 하나는 심한 부상을 입고 샷건을 재장전하면서 비명을 지른다. 시티와 세라는 등을 맞대고 섰고, 쿠 클럭스가 사냥개처럼 그들 주위를 맴돈다.

내 상황도 그다지 좋지 않다. 이틀간의 피로가 덮쳐 와 헉헉거리며 빗물로 미끄러운 바위에서 넘어지지 않으려고 애쓴다. 검을 휘두를 때마다 팔에는 감각이 없고 괴물들은 계속 몰려든다. 지각 없는 증오가 허연 파도처럼 밀려든다. 그 모든 일을 겪고 이렇게 끝장나다니, 더럽게 아깝다. 이마의 상처에서 피가 눈에 흘러들어 눈을 깜빡이다가, 다시 뜨니 세상이 갑자기 조용하다.

주위의 쿠 클럭스들이 석상처럼 굳어 있다. 그들뿐 아니라 산꼭대기 전체가 멈춰 있다. 한밤중의 사람들과 괴물들이 움직이지 않지만 치열한 전투 중에 붙잡고 싸우는 모습 그대로, 검은 캔버스에 미친 듯이 물감을 쏟아 그린 한 장면을 연출하고 있다. 고개를 드니 공중에 떠 있는 작은 보석은 빗방울이다. 손을 뻗으면 하나를 잡을 수 있을까 궁금하다.

"쿠 클럭스가 그러니까, 쿠 클럭스 짓거리를 안 하면 무엇인지 생각해 본 적 있어?"

그 목소리에 나는 굳는다. 불가능한 일이니까. 하지만 돌아보니 불가능이 바로 거기 서 있다. 세이디가 엄지를 멜빵바지에 끼우고 달려드는 쿠 클럭스를 살피고 있다.

"그들은 여전히 출근할까? 아내에게 남편의 의무를 다하고······."

"세이디."

나는 그 애 이름을 소리도 내지 못한다.

"세상에! 어떻게····· 내가 죽은 건가?"

세이디는 그 커다란 갈색 눈을 굴린다.

"바보 같은 소리. 마리즈, 죽은 건 나잖아."

그러자 그 애의 노란 살갗에 부드럽고 따뜻한 빛이 감도는 것을 알겠다. 그래도 내 눈을 믿을 수 없다.

"이거 진짜야?"

"내가 여기 서 있는 게 오늘 밤 네가 본 광경 중에 제일 이상한 거야?"

일리 있는 말이다. 그 애 얼굴을 다시 보자 깊은 슬픔이 차오른다.

"오, 세이디. 아니면 좋겠다. 죽은 게 말이야."

세이디는 긴 한숨을 내쉰다.

"응, 나도 그래. 어쨌든, 저 걸러 여자가 부르는 소릴 들었어. 우리를 모을 때처럼. 저 목소리가 닿는 곳이 우리 생각보다 먼가 봐. 그래서 여기 왔어. 이곳이 문이라는 몰리 말이 옳아. 다만, 우린 건너갈 수 없었어. 네가 바른 선택을할 때까지. 네가 저 늙고 악한 유령의 제안을 수락할 리 없다고 다른 사람들에게 말했지!"

나는 세이디가 하는 말을 전부 이해해 보려고 한다.

"다른 사람들?"

세이디의 시선을 따라가 보니, 같은 따뜻한 빛을 띤 사람들이 적막한 산꼭대기의 어둠 속에서 빗방울 사이로 쓱 걸어 나와 모인다. 이들이 누군지 당장 알 수 있다. 내 검이 흥얼거리기 시작하니까. 쿠 클럭스와 그들이 일으킨 증오에 죽임을 당한 자들의 영혼이다. 예전에……

한 명이 내게 걸어 나오자 나는 가슴을 부여잡는다. 나와 같은 키, 나처럼 검은 눈동자, 똑같은 도톰한 입술을 가진 사람이다. 그의 흰 셔츠 자락을 무늬 없는 멜빵을 한 갈색 바지 속에 넣고, 속 편한 걸음걸이로 걸으며 씩 웃고 있다.

목이 멘다.

"마틴 오빠?"

"어떻게 지냈냐, 토끼 형제?"

오빠의 대답에 나는 주저앉는다.

앉아서 멍하니 보다가 떨리는 손을 뻗자 오빠를 그대로 통과한다.

"히잇! 조심해, 간지러워!"

귀에 익은 오빠 웃음소리에 나는 흐느끼며 동시에 웃는다. 그리고 돌아서서 '유령 사람들'을 찾는다.

"엄마? 아빠는?"

오빠가 고개를 젓는다.

"다 건너온 건 아니야. 하지만 엄마 아빠가 사랑한다고 전해 달래."

할 말이 너무 많지만 내 입술에서 튀어나온 건 이 한마디다.

"못 구해서 미안해."

오빠가 가까이 쪼그리고 앉더니 반짝이는 눈으로 말한다.

"우리가 겪은 일은, 저지른 놈들만 잘못한 거야. 우린 네가 자랑스러워. 정말 자랑스러워! 넌 미안해할 것 없어, 알겠냐?"

나는 천천히 고개를 끄덕인 뒤 뒷주머니에 손을 넣어 흠뻑 젖고 닳아빠진 것을 꺼내 창피하지만 내민다.

"아직 오빠 책 갖고 있어. 새 이야기도 넣었어."

오빠가 다시 웃자 그 소리가 너무나 소중하게 느껴진다.

"당연히 그랬겠지!"

"오빠가 너무 보고 싶어."

내가 속삭이자 오빠 표정이 누그러진다.

"난 멀리 있지 않아. 내 말소리 못 들었어, 토끼 형제?"

내 눈이 휘둥그레지자 오빠가 눈을 찡긋한다.

"네가 너무 슬퍼하면서 아무 말도 듣지 않더라고. 그 이야기를 통하지 않고는. 이제 마음의 짐을 내려놔. 네 삶을 살라고."

나는 눈물을 흘리며 끄덕이고 오빠는 일어서서 산꼭대기 너머 다가오는 서넛의 모습을 바라본다. 처음에는 그들도 영혼인 줄 알았다. 맨 앞의 사람이 환하게 빛을 발하니까. 하지만 유령 같은 파란 드레스와 덥수룩하고 꼬불꼬불한 흰머리가 눈에 띈다.

"진 할머니?"

걸러인 여자가 움직이지 않는 쿠 클럭스와 사람들 사이를, 일요일에 교회 가듯이 척척 걸어온다. 윌 아저씨와 샤우터도 뒤따른다. 이 미끄러운 산길을 어떻게 오른 걸까?

"고집 센 노인들을 의심하지 마."

내가 말로 하지 않은 질문에 세이디가 답한다.

오빠가 미소를 짓는다.

"잘했어, 토끼 형제. 이제 우리가 처리할게."

오빠는 내 뺨에 유령의 키스를 남기고 모여드는 영혼들에게로 돌아간다. 그들은 진 할머니와 샤우터 주위에 모여 유령의 손가락을 할머니에게 뻗는다.

세이디는 내 옆에 앉아 씩 웃는다.

"너 이거 보면 좋아할 거다!"

시간이 다시 흐르기 시작한다. 비와 고함, 전투가 계속된다. 쿠 클럭스가 전부 몰려드는데, 깊은 신음이 솟아오른다. 진 할머니다. 할머니 목소리가 부르는 듯, 그들이 고개를 이리저리 돌린다. 할머니가 다시 신음하자 주위의 유령 사람들도 따라 한다. 깊이 떨리는 소리가 공중에 솟아오르며 비를 가른다. 그러자 걸러인 노파가 하늘을 향해 고개를 들고 샤우트의 노래를 외친다.

진 할머니의 목소리는 천둥처럼 영혼을 뒤흔들고 세상의 뛰는 심장에 닿는다. 유령 사람들이 화답하고 샤우터들은 손뼉을 치고 스틱맨은 산을 드럼처럼 두드린다. 유령 사람들이 할머니 주위를 돌기 시작한다. 반시계 방향으로 발을 미끄러뜨리고 끌지만, 교차시키는 법은 없다. 진 할머니는 종말의 때에 관한 노래를 부르고 내겐 그 가사가 형태를 취하는 것 같다. 바위가 고함을 지르고 나뭇잎에는 징후가 새겨진다. 기수 없는 불붙은 말이 계곡 길에 불을 일으킨다. 산보다 큰 천사들이 빙빙 도는 마차의 바퀴에 앉아 있다. 할머니는 계속 외치고 유령 사람들은 화답하며 샤우트는 그 고리 안에서 더 빠르게 움직인다.

진 할머니의 샤우트가 내 평생 처음 보는 마법을 전파하는 광경에 뒷덜미에 소름이 돋는다. 검에 끌리는 영혼들이 그 원에 달려들어 의식에 함께하자 검도 내 손 안에서 떨린다. 노예를 판 추장과 왕까지 찾아와 속죄를 구한다. 유령 사람들과 함께 그들은 진 할머니 주위를 점점 더 빨리 돌더니 캄캄한 밤 속에서 한데 묶여 눈부신 원을 이룬다. 분개한 쿠 클럭스들이 쇳소리를 내며 그 빛을 향해 몸을 던져 진 할머니와 샤우터들을 잡으려 하지만, 빛의 고리에 닿는 순간 타서 재가 된다. 그 빛은 그들이 멈출 수 있는 것이 아니다. 그들이 견딜 수 있는 것도 아니다. 이것이 내가 아는 진실이다. 어떤 거짓도 그것에 대적할 수 없다.

위험을 감지하고 달아나는 쿠 클럭스도 있다. 하지만 이제 그 빛은 회오리가 되어 그들을 잡으러 간다. 그 빛 속에서 할머니가 노래하며 달아나는 쿠 클럭스에게 숨을 곳이 없다고 겁을 준다. 유령 사람들이 화답하면 그들의 목소리에는 지구를 떨게 할 힘이 있다. 쿠 클럭스들은 불에 타고, 그 빛은 산에서 그들의 악을 정화시킨다. 샤우트는 계속되며 밤하늘 속으로 휘몰아친다. 심판의 날 같다.

살아남은 쿠 클럭스가 없어지자, 샤우트도 사라진다. 유령 사람들도, 내 오빠도 사라지고 그들의 마법만이 번개처럼 공중에 남아 있다. 남은 건 진 할머니뿐. 그렇게 많은 마법을 쓰고 기력이 다한 할머니를 윌 아저씨와 샤우터들이 부축하고 있다.

세이디가 환호한다.

"좋아할 거라고 했지!"

나는 놀라 고개를 젓는다. 다시는 걸러인 노파를 의심하지 않을 것이다.

"이제 나도 갈 때가 됐네."

세이디가 일어서며 말한다.

나는 입을 열지만 뭐라고 해야 할지 모르겠다. 그래서 진실을 말하는 것에 만족한다.

"네가 보고 싶어."

세이디가 씩 웃는다.

"그래야지. 내가 부탁한 대로 너희 모두 나를 위해 큰일을 해 줘."

세이디가 내려다본다.

"코디는 왜 저래?"

나는 셰프가 아직 쓰러져 있는 곳을 돌아본다.

"부딪혔어."

"그럴 땐 이거지."

세이디가 다가가서 셰프의 뺨을 때린다. 하지만 그 손가락은 그대로 뺨을 통과한다. 그 애가 얼굴을 찡그리며 다시 시도하자 짝 소리가 나더니 셰프가 놀라 벌떡 일어난다. 세이디는 세상에서 가장 우스운 농담을 들은 것처럼 웃어 댄다.

세이디가 윙크한다.

"할아버지 말이 맞았어. 진짜 다시 생긴다니까."

그 애 뒤에서 두 개의 날개가 펼쳐진다. 아름다운 금빛 깃털에 검은 줄이 있다. 세이디는 그 날개를 활짝 펼치고 화살처럼 공중으로 날아오르더니 사라진다.

"내가 몇 가지 놓친 모양이네?"

우리 둘 다 하늘을 바라보다가, 셰프가 묻는다.

누군가가 신음한다. 마이클 조지가 깨어나고 있다. 그가 밝은 갈색의 아름다운 눈을 뜨더니 나를 보고 혼란스러운 듯 깜빡인다.

"마리즈?"

내가 너무 세게 키스하는 바람에 마이클 조지가 깜짝 놀란다. 당장 내놓을 대답은 그것뿐이다.

"비가 그쳤네."

셰프가 중얼거린다.

나는 마이클 조지에게서 떨어져 주위를 둘러본다. 그 말이 옳다. 폭풍우가 잦아들었다. 구름이 걷혀 별까지 보인다. 산꼭대기에 불도 쿠 클럭스도 없어졌지만 클랜은 남아 있다. 머리를 얻어맞은 오리 떼처럼, 클랜이 여럿 여기저기 밀려다닌다. 엎드려 속에 든 걸 다 토하는 이들은 더 많다. 그들의 증오심도 뱉어 내길 바란다.

셰프가 우리 편을 부른다. 그들은 무너진 연단에서 납치당한 유색인들을 찾고 있다. 도중에 에마가 프로젝터를 찾아 샷건으로 부숴 버린다. 칠흑처럼 어두워지지만, 적어도 그놈의 영화를 더 보지 않아도 된다. 모두 모인 뒤, 우리는 출발한다. 이번에는 진 할머니와 샤우터들이 앞장서고 우리는 윌 아저씨의 목소리를 따른다.

"에덴동산의 아담!"

베이서들이 화답한다.

"나뭇잎을 줍는다!"

셰프는 겨우 걷지만 마이클 조지는 여전히 힘을 못 쓴다. 그래서 내가 둘 다 부축해야 한다. 얼마 안 가 한 여자가 눈에 띈다. 비틀거리며 돌아다니거나 토하지 않는 클랜은 그녀뿐이다. 로브를 입고 무릎을 꿇고 앉아 어린 남자아이를 꼭 안고 있다. 그 여자의 밝고 열에 들뜬 눈이 나와 마주친다. 그들의 얼굴이 기억난다. 클라이드의 정육점에서 본 사람이다. 고기를 안 먹은 모양이다. 그날 내가 껴들어 그들은 복통도, 더 심한 일도 겪지 않게 된 거다.

"괴물이에요!"

여자가 내게 더듬거리며 말한다.

"그들은 괴물이에요! 내가 봤어요! 봤다고요!"

셰프와 나는 마주 본 뒤 대답한다.

"이제 그걸 알아볼 때도 됐죠!"

새로 눈을 뜬 여자를 거기 두고 우리는 집으로 향한다.

에필로그

나는 마셔 본 것 중에서 가장 맛있는 민트 줄렙 칵테일을 홀짝이며 앉아 있다. 버번과 설탕이 딱 알맞게 들어갔다. 물론, 진짜 민트 줄렙은 아니다. 이곳의 그 무엇도 진짜가 아니니까. 골동품 흰 식탁도, 내가 앉아 있는 고리버들 의자도, 늪처럼 보이는 곳 가운데 잔디 언덕도 모두 마찬가지다. 거대한 붉은 참나무는 여전히 그 자리에, 황갈색 스페인 이끼와 연보라색 등나무 꽃에 덮인 채 서 있다. 우리 뒤에는 빛바랜 흰 기둥 주위와 석조 건물에 담쟁이덩굴이 자라는 저택이 있다.

온딘 아주머니는 내 맞은편에 옛날 흰 원피스와 챙이 넓은 흰 모자를 쓰고 있다. 아주머니는 주름 장식을 단 흰 양산을 펴 들고 민트 줄렙을 마신다. 이끼와 등나무 사이를 올려다보면 재딘 아주머니가 나뭇가지에 앉아 있다. 아주머니는 흥얼거리며 양산을 돌리고, 치맛자락의 레이스 밑으로 다리를 흔들며 발가락을 꼼지락댄다.

식탁에 앉은 마거릿 아주머니는 내게 양산을 찔러 댄다. 내가 이야기 속에서 여우는 왜 항상 못된 짓을 하느냐는 바보 같은 질문을 했기 때문이다. 세상에, 아주머니가 어찌나 웃어 대는지.

"그놈의 이야기는 거꾸로 됐어. 허튼 토끼 선전일 뿐이라고!"

아주머니가 양산을 세게 내려놓는 바람에 하얀 카네이션 화병이 흔들린다.

온딘 아주머니의 통통한 뺨에 보조개가 들어간다.

"흠! 그 이야기 전에 네 고향 상황이 어떤지 물었는데. 네가 적과 싸우느라 꽤 난리가 난 모양이더구나!"

아, 그거. 상황이 좀…… 희한했다.

이제 나흘째인데 조지아주 신문에서는 여전히 스톤 산의 "대사건" 기사가 실리고 있다. 클랜 시위에서 화재가 일어나 수십 명이 죽었다는 내용이다. 밀주 식중독 사건이라는 곳도 있다. 스페인 독감이 새로 일어났기 때문에 정부에서 등장해 시신을 태웠다고 주장하는 이들은 더 많다.

마지막 기사 내용은 사실과 얼추 비슷하다. 적어도 정부에 관해서는 그렇다.

애틀랜타에서 들리는 소식으로는 스톤 산에 군이 쫙 깔렸다고 한다. 그곳을 군용 트럭과 군인이 막고 있고, 방독면을 쓴 과학자들도 괴상한 기구를 들고 돌아다닌다. 그들 모두 검은 정장을 입고 담배를 피우며 명령을 내리는 정부 사람들이 감독한다. 스톤 산만이 아니다. 그들은 메이컨에도 왔다.

군용 트럭이 아니라 왜건이 왔는데, 금주법 조사원이라고 하는 사람들이 가득하다. 그들이 클라이드의 정육점도 기습해 술통을 부수고 법석을 일으키며 그가 밀주를 제조했다고 한다. 하지만 나랑 셰프는 옥상에서 그 상황을 지켜봤다. 정부 요원들도 거기 나와서 정육점 고기를 전부 유리통에 담아 왜건에 싣고 갔다.

"그럼 세이디의 말이 맞구나."

내가 이야기를 마치자 온딘 아주머니가 말한다.

그렇다. 나도 믿을 수가 없다. 타블로이드 신문을 한번 읽어 봐야 되겠다.

"그리고 네 애인은? 오늘 저녁에 널 확인해 보니 그자는 꽤 회복한 것 같더구나!"

어딘가 위에서 재딘 아주머니가 킥킥거린다. 그런 짓은
정말 막아야겠다.

"마이클 조지는 잘 있어요."

내가 대답한다. 그 사람이 원하던 이야기를 드디어 시작
했다. 그리고 나는 그의 질문 몇 가지에 답도 했다. 다는 아
니지만 충분히 했다. 당분간은. 그 사람이 미쳤다고 할 줄
알았는데 고개를 천천히 끄덕거리기만 한다. 그는 클랜이
좀비라고 생각했단다. 좀비란, 세인트루시아[32]에서 유령을
부르는 말이다. 그리고 그의 작은 할머니가 부두교 주술사
였기 때문에 마법이 무섭지 않다고 한다. 그 무엇도 언젠
가 나를 데리고 바다로 나가려는 꿈을 막을 수 없다고 한
다. 나는 여전히 약속은 안 한다고 말한다. 하지만 생각해
볼 거다.

"잘돼서 기쁘구나, 마리즈."

온딘 아주머니가 말한다. 그러더니 조금 망설인다.

"검에 대해서는 결정을 내렸니?"

나는 잔을 잎사귀 날 바로 옆에 내려놓는다. 스톤 산 이
후로 검을 부른 적 없다. 그런 일을 겪고 나니, 누군가의 투

---

32 중앙아메리카 카리브해 동부에 위치한 섬나라.

사가 아닌, 평범한 마리즈로 좀 지내야 했다. 이 검은 내 곁에서 잘 해냈다. 클라이드가 거짓된 존재이긴 했지만, 그래도 내가 보복하며 쾌감을 느낀다는 말에는 일말의 진실이 있었다. 진 할머니는 유령에게 선물을 받으면 대가가 따른다고 경고했다. 그 대가가 무엇인지 이제는 알 수 있다.

하지만 이 전쟁은 끝나지 않았다.

클랜은 여전히 존재한다. 쿠 클럭스도 여전히. 이 검은 흑인 모두가 겪은 고통에서 얻은 분노를 품고 있다. 도살자 클라이드와 저들이 이 검을 가질 수 없었던 것은, 그들이 그 검을 쥐고, 휘두르고, 그렇게 강해질 수 없었기 때문이다. 검은 내게 전해졌다. 내 것이 되어 여기서 지금 필요한 것으로 만들어졌다. 그러니 아직은 이 검을 버릴 때가 아니다. 게다가 내 마음속 몇 가지 복수심은 아직 풀어야 한다.

고개를 들고 보니 모두 조용히 기다리고 있다. 재딘 아주머니마저 콧노래를 멈췄다.

"저는 지금도 아주머니들의 투사예요. 절 받아 주신다면."

온딘 아주머니 얼굴이 환해지고 마거릿 아주머니는 아주 살짝 미소 짓는다. 그것만으로도 대단하다. 재딘 아주머니는 위에서 윙크하고, 나도 윙크로 답한다.

온딘 아주머니가 단언한다.

"넌 우리 투사이고말고!"

그 말에 나는 생각보다 기뻐져 검을 바라본다.

"이 검이 제게 온 건 여기 노예를 거래하던 추장과 왕의 영혼이 묶여 있기 때문만은 아닌 거 아시죠. 노예를 산 백인은요? 노예들에게 죽도록 일을 시킨 백인들. 그들도 속죄해야 하지 않나요?"

온딘 아주머니가 정말 여우처럼 웃는다.

"얘, 마리즈. 그건 또 다른 검이 한단다."

나는 칵테일에 사레가 들 뻔한다. 또 다른 검? 혀끝에 백 가지 질문이 생겨난다. 하지만 아주머니 얼굴이 진지해진다.

"네가 쉬고 있으니 다행이다. 하지만 악이 시작된 모양이야."

나는 한숨을 쉬고 민트 줄렙을 다시 든다. 당연하지. 늘 악이 시작된다.

"적은 아직도 움직이고 있다."

마거릿 아주머니가 껴든다.

"새로운 위협이 생겨나지."

온딘 아주머니가 계속한다. 아버지가 다가온다.

"넌 모험을 떠나야 한다! 로즈의 프로빈스 섬으로!"

나는 민트 줄렙을 홀짝이다 멈춘다.

"로드아일랜드의 프로비던스 말씀이세요?"

아주머니가 눈을 깜빡인다.

"내가 그렇게 말 안 했니? 적이 그곳을 눈여겨보고 있다. 그들이 너희 세상으로 더 침투하도록 도와줄, 위대한 키클롭스보다 더 지독한 것에 문을 열어 줄 남자에게 말이야. 그들이 그자에게 자기네의 사악함을 주입시키는데, 말을 잘 듣는 모양이더라. 그자는 그들에게서 '검은 왕자'라는 호칭을 받았고……."

"세이디의 장례식이 이틀 뒤예요."

내가 말을 자른다. 이 셋이 지리를 이해할지 알 수 없다.

"로드아일랜드는 제가 밀주를 배달하는 노선에서 한참 멀어요. 하지만 에마는 뉴잉글랜드에 인맥이 있죠. 그들이 아는 걸 알아볼 수 있어요."

"아."

온딘 아주머니가 애석한 목소리로 말한다.

"그래. 그러면 도움이 되겠구나. 죽음의 의식은 어떻게 하니?"

"장례식이요."

내가 강조한다.

"우린 장례식이라고 불러요. 레스터가 준비하고 있어요. 큰 교회와 성가대 같은 것을 구해요. 윌 아저씨가 샤우트를 인도할 거예요. 진 할머니는 요리를 맡고. 마이클 조지는 짓고 있는 짓고 있는 새 여인숙 이름을 세이디라고 붙일 거래요. 메이컨에서 세이디 왓킨스가 사라지지 않을 거예요."

나는 칵테일을 내려놓고 일어선다.

"음, 이제 가 보는 게 좋겠어요."

"아직 시간이 있어. 블랙베리 잼 케이크도 있는데."

온딘 아주머니가 아쉬워한다.

블랙베리로 장식한 흰 설탕 케이크가 유혹적인 모습으로 나타난다. 하지만 나는 고개를 젓는다.

"여기선 시간이 흐르지 않지만, 전 쉬어야 해요. 아침에 할 일이 있어요. 셰프랑 함께 세이디 부탁대로 큰일을 할 거예요. 그 애가 좋아할 일을."

온딘 아주머니가 부드러운 미소를 짓는다.

"친구들이 기억해 주니 운 좋은 아이구나."

"저희는 영화관에 갈 거예요. 「국가의 탄생」을 상영 중인 곳으로."

마거릿 아주머니가 수를 놓다가 노려본다.

"참 묘한 선택이로구나."

"오래 머물진 않을 거예요. 연막탄으로 영화관을 비운 다음에 폭발시킬 거니까."

나는 검을 들어 어깨에 멘 뒤 집으로 다시 향한다. 위에서 재던 아주머니의 키득거리는 소리가 들려오고, 나는 종말의 때에 쿠 클럭스를 사냥하는 노래를 휘파람으로 분다.

〈끝〉

감사의 말

이 이야기는 다양한 시각적, 문학적, 청각적 합성에서 생겨났다. 1930년대 공공 사업 진흥국의 후원을 받아 나온 노예 시절 이야기. 걸러 문화. 유령과 아프리카 마술. 비욘세의 뮤직비디오 몇 편. 토니 모리슨의 소설 몇 편. 남부의 술집들. 사이프러스 나무 그늘 아래서 매들린 랭글의 책을 읽던 어린 시절의 기억. 노예제 종식 기념일의 피크닉. 뉴올리언스 바운스. DJ 스크루 약간. 나를 키워 준 에이치 타운. 그리고 나직이 주고받던 짐 크로법, 클랜, 그 밖의 남부 공포 이야기. 검을 휘두르는 영웅의 판타지는 「반지의 제왕」이나 「왕좌의 게임」, 혹은 우리가 꿈꾸는 아프리카의 과거("구릿빛 태양 혹은 주홍의 바다?")에만 있어야 할까?

어쩌면 그들은 바로 여기에도 있을 수 있다.

존 로맥스와 앨런 로맥스, 조라 닐 허스턴, 리디아 패리시, 링 샤우트 전통을 기록하고 보존하기 위해 노력한 모든 분께 감사드린다. 공연을 통해 도서관 속의 기억을 되살려 준 매킨토시 카운티 샤우터 여러분께 감사드린다. 이 책을 기획하던 중 영감을 준 루프 피아스코의 「드로거스 웨이브」에 존경을 표한다. 이 이야기에 배경음악이 있다면, 그것일 것이다. 사이디야 하트먼의 「네 어머니를 잃어라」는 내게 여전히 도전이 된다. "나 역시 노예제의 후세다."

걸러 문화와 언어를 찬찬히 소개해 준 동료 작가 에덴 로이스에게 특히 감사드린다. 초고를 추천해 준 배다른 형제 클리오 워들리 주니어에게도 감사하다. 우리만 아는 농담 알지. "Nd Suth Ept." 이 이야기에 남부의 인정 도장을 찍어 준 「블랙 이매지네리엄」의 작가이자 편집자, 공동 제작자 트로이 L. 위긴스에게도 고마움을 표한다. 우리가 어디까지 왔는지 봐, 형제? 멋진 표지 디자인은 물론이며, 이 책을 완성하는 데 도움을 준 토르닷컴 출판팀 모두에게 감사드린다. 끝으로 편집자 다이애나 포에게 가장 큰 감사를 표한다. 워싱턴 DC의 커피숍에 앉아 이 이야기의 아이디어를 전화로 전할 때, "멋지군요!"라고 말해 준 사람은 처음이었으니까. 이 책과 여러 다른 다양하고 용감한 이야기에 기회를 준 것에 감사드린다. 이 비행선을 타고 멀리 날아가길 바란다.

옮긴이 | 이나경

이화여자대학교 물리학과를 졸업하고 서울대학교 영문학과에서 르네상스 로맨스를 연구해 박사학위를 받았다. 현재 전문 번역가로 일하고 있다. 옮긴 책으로는 『메리, 마리아, 마틸다』, 『어쌔신 크리드: 르네상스』, 『어쌔신 크리드: 브라더후드』, 『불타 버린 세계』, 『세상의 모든 딸들』(전2권), 『애프터 유』, 『로그 메일』, 『세이디』, 『프랑켄슈타인』, 『너의 집이 대가를 치를 것이다』, 『길고 빛나는 강』, 『떠도는 별의 유령들』 등이 있다.

링 샤우트

1판 1쇄 찍음 2023년 6월 23일
1판 1쇄 펴냄 2023년 6월 30일

지은이 | P. 젤리 클라크
옮긴이 | 이나경
발행인 | 박근섭
편집인 | 김준혁
책임편집 | 장은진
펴낸곳 | 황금가지

출판등록 | 2009. 10. 8 (제2009-000273호)
주소 | 06027 서울 강남구 도산대로 1길 62 강남출판문화센터 5층
전화 | 영업부 515-2000 편집부 3446-8774 팩시밀리 515-2007
홈페이지 | www.goldenbough.co.kr

도서 파본 등의 이유로 반송이 필요할 경우에는 구매처에서 교환하시고
출판사 교환이 필요할 경우에는 아래 주소로 반송 사유를 적어 도서와 함께 보내주세요.
06027 서울 강남구 도산대로 1길 62 강남출판문화센터 6층 민음인 마케팅부

© ㈜민음인, 2023. Printed in Seoul, Korea
ISBN 979-11-7052-296-6 03840

㈜민음인은 민음사 출판 그룹의 자회사입니다.
황금가지는 ㈜민음인의 픽션 전문 출간 브랜드입니다.